中公文庫

詩の中の風景

くらしの中によみがえる

石垣りん

中央公論新社

目次

1

2

3

4

5

詩の中の風景

くらしの中によみがえる

1

海の若者

佐藤春夫

若者は海で生れた。
風を孕んだ帆の乳房で育つた。
すばらしく巨《おほき》くなつた。
或る日　海へ出て
彼は　もう　帰らない。
もしかするとあのどつしりした足どりで
海へ大股に歩み込んだのだ。
とり残された者どもは
泣いて小さな墓をたてた。

＊
＊
＊

詩の中の風景

この詩にはじめて巡り会ったのは女性雑誌のグラビア、当時としては少し大判の本でした。見開き二頁の画面の片側に印刷されていたのを切抜いて、鏡台の右うしろの壁、坐って鏡に向かうと、そこにうつる顔と同じ高さに画鋲で止めました。今から半世紀も前のことです。しばらく座右にありました。

海辺で生まれ、見事に成長した若者が、漁に出て遭難死する。

小さい人、小さな墓

大きな自然、大きな悲しみ。

けれど悲しいなどという表現はひとつもなくて、ただ風景を叙述しただけ、乳房だって「風を孕んだ帆」です。

短い詩ですが、長く心に残りました。

詩とは関係ありませんが、太平洋戦争が始まって、まだ激化しないころ、四つ違いの妹が十八歳で死にました。その少しあとで私は、童話をいくつか書きました。その中のひとつ

地上に妹を亡くしたひとりの姉がいて、私の悲しみは海よりも深く、空よりも大きい、と嘆きます。するとそれを聞いた空と海が、あんなちっぽけな人間が何を言うかと大笑い致します。それを知った神様は、悲しみがどんなものであるか、わからない者に顔をつけておくわけにはいかないといって、目鼻立ちを取り上げてしまいました。という、今から思えば滑稽ともいえるオハナシ。原稿は戦火で焼失。

若い日の顔は鏡面を流れ去りましたが。活字で見た「海の若者」、詩にえがかれた風景は目の中に定着しました。
私にとっていつでも訪れることの出来る、不思議にひろい場所です。

Enfance finie　三好達治

海の遠くに島が……、雨に椿の花が堕ちた。鳥籠に春が、春が鳥のいない鳥籠に。

約束はみんな壊れたね。

海には雲が、ね、雲には地球が、映っているね。

空には階段があるね。

今日記憶の旗が落ちて、大きな川のように、私は人と訣れよう。

床《ゆか》に私の足跡が、足跡に微かな塵が……、ああ哀れな私よ。

僕は、さあ僕よ、僕は遠い旅に出ようね。

＊＊＊

旅へのいざない

海の遠くに島が……、そのイメージで過ぎ去った日が浮かんできます。

昭和十三年秋、民衆詩派福田正夫の指導の下に、女性十五名ほどで僅か十頁の同人詩誌を発刊しました。私は十八歳でした。毎月在京同人のうちの何人かが師の家に集まり編集などしましたが、そんなある日、三好達治の詩集を前に先生が〝――鳥籠に春が、春が鳥のいない鳥籠に――〟と朗読して、最後に「ね、いいだろう？」と付け加えました。

ニブイ私はその時、それほどいいとも思わず、けれど耳に残ったことは確かでした。

詩の一行の余白には、空白のリズムがなくてはいけない。続けて書けば散文になるものを、形だけ詩のように行替えするな。と繰り返し教えられたのもそのころです。

この詩に表現された哀愁が私をさそうのか、私の哀しみがこの詩を呼び寄せるのか。

約束はみんな壊れ、人と別れる。そのような立場に置かれなくても、あきらめを自分に強いなければならないとき、いくら名残り惜しくても立ち止まることがゆるされないとき、何遍か次の言葉を口ずさんで来ました。

大きな川のように、私は人と訣れよう。

そんな決意を必要としない折にも、ふと自分自身に語りかけていることがあります。

僕は、さあ僕よ、僕は遠い旅に出ようね。

何という深いさびしい人生への鼓舞だろうと思います。

けれど実は最近まで、題名の横文字が読めなかったんです。したがってアンファンス　フィニ、過ぎ去った子供時代、という意味も私は知らないで。

花ゲリラ

茨木のり子

あの時　あなたは　こうおっしゃった
なつかしく友人の昔の言葉を取り出してみる
私を調整してくれた大切な一言でした
そんなこと言ったかしら　ひゃ　忘れた

あなたが　或る日或る時　そう言ったの
知人の一人が好きな指輪でも摘みあげるように
ひらり取り出すが　今度はこちらが覚えていない
そんな気障なこと言ったかしら

それぞれが捉えた餌を枝にひっかけ
ポカンと忘れた百舌である
思うに 言葉の保管所は
お互いがお互いに他人のこころのなか

だからこそ
生きられる
千年前の恋唄も 七百年前の物語も
遠い国の 遠い日の 罪人の呟きさえも

どこかに花ゲリラでもいるのか
ポケットに種子《たね》しのばせて何喰わぬ顔
あちらでパラリ こちらでリラパ！
へんなところに異種の花 咲かせる

＊　＊　＊

異種の花

東京の町に花大根の紫の花が目立ちはじめたのは、敗戦後のことに思われます。私のアパートに近い私鉄沿線の土手は、春がくると紫の花帯を締めて、季節の装いを新しくします。その花大根は年毎に飛び火し、根付いてゆくようです。

町のどこかに仕掛人、花ゲリラが居ると信じるのはとても楽しい。弾丸ならぬ花の種子をポケットにしのばせ、播いて歩くあなたは誰ですか？

離れた町に住む女友達をゲリラ一味とにらんで電話をかけると「私だけではありませんよ」ケロリと答えました。その先の話によれば、中国大陸で花大根の美しさに魅せられた人が、戦後日本に種子を持ち帰り伝《でん》播《ば》したのがはじめらしい、と。

ゲリラ＝（原語で小戦争の意。ナポレオン一世のスペイン征服当時、スペイン軍のしばしば用いた戦法に由来する語）遊撃戦を行う小部隊、また、その遊撃戦法。「――戦」

わかっているつもりの言葉を、この際もう少し正確に会得しようと広辞苑を引いたら、知らないことばかりでした。

茨木さんの「花ゲリラ」を最初に読んで胸打たれたのは、次の二行に遭遇した時です。

思うに　言葉の保管所は
お互いがお互いに他人のこころのなか

私にとってこの辺が急所でした。あ、やられた！　その通りだ、という驚き。驚きはごく自然に

だからこそ／生きられる／千年前の恋唄も　七百年前の物語も――と、手を引かれるように納得のいく所まで連行されます。それにしても、これほどの真実に気付かずに来た年月の長いこと。

以後、日常生活の中でよくこの詩と鉢合せいたします。思い当たるのです。

卑近な例をとれば、悪口など言った側の人は忘れても、言われた方は永久保存が多い。その逆に感謝の場合も。

時には人間が百舌にも見える、そんなオカシミもあって。

詩もまた生きているからなのでしょう。物事の角を曲がったところで、ばったり会った隣人のように、語りかけたり、語りかけられたりします。

たしかに他人のこころに保管してもらわなければ、後の世に生きながらえることの出来ない言葉。では言葉と生命との関係は？と増殖をうながす種子。

「花ゲリラ」が読者の心に何喰わぬ顔で播いた種子は、確実に私の中にも異種の花を咲かせました。

原っぱ

長田　弘

　原っぱには、何もなかった。ブランコも、遊動円木もなかった。ベンチもなかった。一本の木もなかったから、木蔭もなかった。激しい雨がふると、そこにもここにも、おおきな水溜まりができた。原っぱのへりは、いつもぼうぼうの草むらだった。

　きみがはじめてトカゲをみたのは、原っぱの草むらだ。はじめてカミキリムシをつかまえたのも。きみは原っぱで、自転車に乗ることをおぼえた。野球をおぼえた。はじめて口惜し泣きした。春に、タンポポがいっせいに空飛ぶのをみたのも、夏に、はじめてアンタレスという名の星をおぼえたのも、原っぱだ。冬の風にはじめて大凧を揚げたのも。原っぱは、いまはもうなくなってしまった。
　原っぱには、何もなかったのだ。けれども、誰のものでもな
かった何もない原っぱには、ほかのどこにもないものがあった。
きみの自由が。

＊　＊　＊

何もないところ

昭和も初めのころ、東京には原っぱと呼ぶ所がたくさんありました。
広い原っぱ、小さい原っぱ。
　古びた門だけが残っていて、朽ちかけた木扉の下を爬虫類のように腹
這いになって潜り抜けると、そこも雑草だけが生い茂った原っぱだった
りして。

子供たちは遊ぶ場所、遊ぶ時間にも不自由しなかったのを思い出します。

それから先の戦争、空襲で家並を失った道路が、あぶり出しの絵のように浮き出た町を、人は焼け跡とは言っても、原っぱとは呼びませんでした。

最近、暗渠《あんきょ》の上に造られた川幅ほどの児童公園にはスベリ台、ブランコ、ベンチなど整い、人口芝生の上でプラスチック製のパンダが子供を待っていてくれますけれど。

「原っぱ」の詩は、六年ほど前に出版された『深呼吸の必要』（晶文社刊）という題名の詩集の中のひとつ。後記に、

〝言葉を深呼吸する。あるいは、言葉で深呼吸する。そうした深呼吸の必要をおぼえたときに、立ちどまって、黙って、必要なだけの言葉を書きとめた。そうした深呼吸のための言葉が、この本の言葉の一つ一つになった。〟

とありましたが、三十三篇の詩を最初に読み終えたとき、一冊の本の

内容が気体となって心のすみずみに行きわたるのを感じました。胸のふくらむ思い、と言ったらいいでしょうか。

　土地と違って、言葉は幸い価格の高騰をまぬかれています。詩の中に残された原っぱ、何もないところへ行って、私はときどき深呼吸することにしています。

上野

清岡卓行

大学のすぐそばに下宿して
時めく権威の講義を聴きに行かず
ひとりきりの部屋で　碁盤に
白と黒の石のトッカータを
うっとり奏でてみたり
窓から見える　空襲のあとの
汚された空の舞台の　かわらぬ青に
向日葵《ひまわり》と海星《ひとで》の
なまめかしいバレーを演出してみたり
そんな夢ばかり見ていた　学生の頃。

唾を呑みこんであやす胃袋は
辞書を食べたいほど　からっぽで
夢こそは現実。
古代のようにうすむらさきの夕ぐれに
池の端などを散歩しては
動物園帰りの　埃っぽく疲れた親子連れに
ふしぎな憐れみを覚えたものであった。
ぼくの胸に　そのとき
浮かんでいた不遜の言葉
——創造のない家庭のみじめさ。

それから二十数年。
ぼくは　ときたま
残酷な童話の動物園から

あるいは　沈黙の少し足りない音楽会から
病んだ妻や幼い子供と連れだって
広小路大通りなどを
夢の中のようにぶらぶらと
懐かしく歩いて帰るのである。
おお　現実こそは夢。
だるく底しれぬ平和の中の
残りの時間の狂おしさ。
休日の気ばらしにも疲れて　ぼくたちは
横道の古風なそばややとんカツやで
眩しく明るい舞台にのぼったような
粋でたっぷりな食事をする。
ぼくは　家族の優しい視線の交錯で
透明な鳥篭などを作ろうとする。

ぼくの胸に　そのとき
浮かんでいた不安の言葉
——家庭のない創造のみじめさ。

＊＊＊

揺れる

お雛さまをいつまでも飾っておくと、お嫁に行きそびれますよ。そんな言葉があろうとも知らず、少女期の私は一度飾った人形を、祭りの日が過ぎてもなかなか元の桐箱に納めようとしない無精者でした。

あれは本当のことだった！　還暦を過ぎてハタと膝を打つ思い。記憶の彼方で、端正なつるりと白い細面がかすかに笑っています、小さな口もとの紅。

私は結婚しないまま年をとりました。したがって自分の家庭をつくることもなく。

〝人間という　不可思議なものの／まことに何であるかも知らず／すべての生きものにならい　母になる／それでよいのか、と心に問えど／答えのあろうはずもなく〟……

若い日、そんな詩を書いたこともありました。人生への懐疑と言っては大袈裟ですが、成人したら結婚する、子を生む、というごく自然な道筋をそれて、いつの間にか別の方向に来てしまいました。

戦前戦後を通じ銀行員として四十一年、定年退職して十余年。状況に変化はありましたが、運命に立ち向かうには怠惰で受身な歳月だったと思います。

「上野」を最初に読んだのは、職場の現役時代でした。

目の前に一台の天秤が据えられ、両端の皿に二十行ずつの言葉が慎重に配分されてあるような。その内容は等量の重さで見事につりあっています。夢こそは現実、現実こそは夢、両方の間隔が二十数年。皿の上にはそれぞれ当時の上野の空も載っていて。

この穏やかに静止している詩句が、なぜいまもって私を揺するのでしょう。ことに最終行が。

夢は焚火の丸太に

辻　征夫

あんまり仕事がない
ぼんやりした
小使いさんになりたかったのさ
だからそういったら
それはおれの夢でもあるんだが
きみにはこれをやってもらおうと思うんだ
たのむよというからやってたら
肩書をつけられた
課長だってさ

いまでも社長に会うと
いちどはいうんだ
小使いさんには
いつなれるでしょう
そのうちにな　と社長はいう
とりあえず来月から
部長をやってもらうが
希望だけは捨てるなよ

オフィスの窓から
（あれは丹沢山塊だろうか）
遠く浮かんだ
雲をみている
雲のなかにはもちろん夢があって

その夢は焚火の丸太に網をのせて
小魚を焼いている
ぼんやりした
小使いさんの姿をしている

＊＊＊

夢のかたち

情報の波が朝夕よせている渚のようなところ、新聞紙上でこの夏ひろったひとつの夢。辻さんの詩を読んだとき、いいもの見つけたと喜びました。

これは大人のメルヘン。地下でナマズが動くと地震がおこるというけれど、みんなが小使いさんになる夢を描きはじめたら、人の心の奥底にある古い地盤が動いて、競争社会をゆするナマズの役目を果さないだろうか、などと考えました。

そこで早速、働きざかりのサラリーマンに「ね、いい詩でしょう?」と披露したら「だけどこの人、部長になったんですよねぇ」と、ひどく現実的な答が返ってきました。

そのあとです、ハッと気が付いたのは。ほかでもない私自身が一生、社会の小使いさんだったことに。

小使い、いまは使われなくなった言葉。学校・官庁・会社などで雑用係として雇われた人の呼称です。

今から半世紀以上前、私は銀行に就職しましたが、当時女性に昇進の道はありませんでした。給仕、事務員いずれにせよ、会社で雑用をする使用人にかわりありません。そのときひそかに、女でよかった、この世界でえらくならなくてすむ、と思ってしまいました。そのまま定年まで居続けて。

この場合、ユメは始めから間に合っていたことになるのでしょうか。

違うナと思います。違うから、この詩が好きなのだと思います。

大人のメルヘンとして読んだつもりが、どこでどう読み外したのでしょう、横道にそれました。

〝ユメハタキビノマルタニ〟

そうつぶやいて、あくまで遠い雲をみつめていたい。作者が描いてみせた、夢のかたちを見ていたい。

現在は女性も役職につくことができます。

戦後身分制度の壁はくずされ、夢も共通です。

おれの期待　五

高見 順

徹夜の仕事を終えて
外へおれが散歩に出ると
ほのぐらい街を
少年がひとり走つていた
ひとりで新聞を配達しているのだ

おれが少年だつた頃から
新聞は少年が配達していた
昔のあの少年は今
なにを配達しているだろう

ほのぐらいこの世間で

なにかをおれも配達しているつもりで
今日まで生きてきたのだが
人々の心になにかを配達するのが
おれの仕事なのだが
この少年のようにひたむきに
おれはなにを配達しているだろうか

お早よう　けなげな少年よ
君は確実に配達できるのだ
少年の君はそれを知らないで配達している
知らないから配達できるのか
配達できるときに配達しておくがいい

楽じやない配達をしている君に
そんなことを言うのは残酷か

おれがそれを自分に言つては
おれはもうなにも配達できないみたいだ
おれもおれなりに配達をつづけたい
おれを待つていてくれる人々に
幸いその配達先は僅かだから
そうだ　おれはおれの心を配達しよう

＊　＊　＊

期待

私にひとつの言葉を確実に手渡して、小走りに遠去かっていった少年がいました。もう何年たつでしょう、新聞配達の姿して。

その後姿を追ってみました。少年は詩に書かれ、詩の中で生きていたから、詩集をたよりに。

一九六五年九月発行『わが埋葬』の中にこの「おれの期待」と題する一連の詩がありました。高見順は同年八月死去。

詩が私に語りかけてきたのは、「おれは何を配達しているだろうか？」という作者自身への問いかけでした。作者は答を出していますが、私には答の用意がなくて。


それからは折にふれ、自分の気持とか行為を物のかたちに置き代えてみる、新聞を配達するように私が他者に届けているのは何だろう、と考えるようになりました。

何にも配達していないなァ、というのが実感ですが。それだけならまだいい、お前は悪いものばかり配っている、という声も耳の奥から聞こえます。

いずれにしても、人の心の戸口をまわり、夢中で何かを配達しながら生きてゆくのだろうと思います。

この詩では「ほのぐらい街」と「ほのぐらい世間」が同じ地平に並べられていて、少年の空と大人の空が、まるで別のほのぐらさです。高見さんが少年のころから、新聞は少年が配達していたという。現在、私のところにも少年が来ます。

明け方の五時をまわるころ、玄関口のほうでコトッと小さい音がする。あ、新聞がきた、と感じるあの気配が好きです。

それにしても、立って行って折り畳まれた新聞を手にするときの、あの期待は何でしょう。ニュースの乏しい日に感じるかすかな落胆は。

遠景

木山捷平

草原の上に腰を下して
幼い少女が
髪の毛を風になびかせながら
むしんに絵を描いてゐた。
私はそつと近よつて
のぞいて見たが
やたらに青いものをぬりつけてゐるばかりで
何をかいてゐるのか皆目わからなかつた。
そこで私はたづねて見た。
――どこを描いてゐるの？

少女はにつこりと微笑して答へてくれた。
——ずつと向うの山と空よ。
だがやつぱり
私にはとてもわからない
ただやたらに青いばかりの絵であつた。

＊＊＊

青い絵

「遠景」を読み終えたあと、目に残ったのはただ青いばかりの、一枚の絵でした。

　その絵をいつ手に入れたか覚えていません。心の壁面のようなところに、たのしく掛けてあります。絵に向かって

――どこを描いたの？と尋ねると、詩の中の少女が無邪気に答えてくれます。

――ずっと向こうの山と空よ。

その言葉に人生の遠景、いくら描いても形を現してくれない未来を読みとることが出来ます。不思議に明るい絵です。

若い日に私もただ青いばかりの絵を描いた覚えがあります。職場のサークル、絵画部に入りたてのころ、鎌倉への日帰り写生旅行に同行しました。まだ道具一式も揃えていない私に、先輩はカンバスを与え「どこを描く？」と聞きました。私は初夏の山の谷間をうめた木々、あの百千の緑を描き分けたいと思って指差しました「あそこ」。するとパレットに幾色もの絵の具、特にとりどりの緑をチューブから押し出し、並べてくれました。

夕刻、銘々が自分の絵を持ち寄って合評となった時、建物を描いた人、海と山のある景色などを選んだ人は、初歩でもどうにか絵としてのまとまり方をしているのに、私のは目も当てられない惨状でした。

その実物はありませんが、心の物置のような所に記憶として突っ込んであります。

同じ青でも、微笑する少女の描いたのが永遠の未来なら、二十歳すぎて私が描いたのは近い将来、つまりは年とった私の現在、を形に現していたのかもわかりません。苦い笑いを笑うばかりです。

八木重吉

あるときは
うたをつくるのさへ悪であるとおもふ
こんな詩などつくらなければ
ほんとにわたしのせけん的のよくぼうはなくなる
そうしたら一挙にわたしのこころはきれいになつてしまうかもしれぬ
だがまたかんがへてみれば
たつたひとつの手すさびでありほこりである
かなしみでありよろこびである
詩をつくることをすててしまふなら

あまりにすきだらけのうつろすぎるわたしのせかいだもの
　ここにこうして不覚の子は
　歯をくひしばつて泣くまいとしてうたをうたふ

＊＊＊

ひとつの詩にふたつの影

昭和二年、三十歳を目前に世を去った八木重吉の、詩作は正味五年にみたないとききました。キリスト教徒としての求道生活、その間、書き残した数多くの詩篇。素朴、時には稚拙とも見える詩が、一度は時流に沈み、またよみがえってきたのは、言葉が生きていたということでしょうか。

折にふれ、身勝手な受けとり方で拾い読みしています。星を拾うように、貝を拾うように。

花

おとなしくして居ると／花花が咲くのねつて　桃子が云ふ

こういう詩に出会ってびっくりするのは、無邪気な幼女の言葉とは別に、花の咲く時間のおとなしさ、というものに初めて気が付くからです。

静かな　焔

各《ひと》つの木に／各つの　影
木　は／しづかな　ほのほ

この場合のほのほは緑色でしょうか。私はかつて東京山の手がアメリカ軍に、空襲された晩のことを思い出します。バケツ片手に火の町を逃げ惑い、夜明け近く、たどりついたのが現在の港区乃木坂下。吹き寄せられるように人が集まって来ていました。「妻は焼夷弾の直撃で死んだ」という負傷者も横たわっていて。坂の上で立ったまま燃えていた街路樹は、ほんとうにしずかなほのほでした。

先に掲げた無題の詩〝あるときは／うたをつくるのさへ悪であるとおもふ〟という詩句に立ちどまったのは、ちょうど私自身が、同じようなことを考えていたからです。

少女期から定年まで独身のＯＬ生活、働きながらしたいことをして精一杯生きてきたから悔いだけはない、と思っていました。老年と呼ばれる日を迎え、家族の大方を失ったあと、私は寥々《りょうりょう》とした岸に流れ着いていました。

浦島太郎の玉手箱ならぬ墓の蓋を開け、いっぺんに後悔しました。

――この人たちに向けた私の愛の何という乏しさ。

詩を書いてきたのも、悪いことだったかもしれないのです。

あの言葉

藤原　定

まだ学生のころだった春の休暇に
金もなかったし急ぐこともなく
各駅停車でぼくの郷里にむかっていた
沼津近辺であっただろうかぼくの前に
ふたりの農夫らしい人が乗ってきた
ふたりはなんにもしゃべらなかった
片一方はナタマメキセルで煙草をのんだ
最初は燧石で火をつけたが
あとはぼくの叔父なども
いつもカッコウよくやっていたこと

ポンとはたいて煙草の火を
硬い手のひらに受けてころがし
なにか小さくて活潑な生きものを
飛びはねあそばせているようで
しかももう一方の手でキセルに煙草をつめ
遊ばせていた火をのせて
器用に火を切らさずに吸いつづけたが

海はよく凪いで春の陽にきらめき
もう一人の方は窓に倚りかかって
飽きもせずにじっと見とれていた
そうしてずいぶん時間がたった
「おだやかな　海だのう」
やっとひとり言みたいにゆっくり言った

それからかなり時間がたった
汽車がゴットンゴットンいっていた
「ふーうん」
煙草のみの方がやはり海を眺めながら
感じ入ったようにやっと尻あがりの声で言った
それからまたかなり時間がたって
「おだやかだのう」
ほんとうにおだやかな声で返事をした
ぼくはそれから眠ったのかもしれなかった
ふたりはとてもおだやかだったので
どこで降りていったのか気がつかなかった
あれからもはや半世紀もたつのだが
あのやすらかで平和な時間
あの言葉

もう一度あのままあらわれてくれぬだろうか

＊　＊　＊

煙草の火

みれんか愛惜か、自分でもわからない本への執着、本棚をとっくにはみ出した本が、狭い部屋に積み重なるばかりです。詩集『言葉』はたしかにこの辺に置いた、と捜しあぐんであきらめたのが前日。なにげなくひらいた朝刊に、著者である藤原さんの死亡記事がのっていました。偶然にすぎないと思う一方で、やはり不思議を感じます。

この詩の場面は大正末期か昭和のはじめ。当時服装は職業によりまちまちで、今ほど男性の背広が普及していませんでした。

二人の農夫は、一目でわかる農夫らしい姿をしていたのでしょう。黒い詰衿服の学生と向かい合わせに腰かけている、列車風景が見えるようです。

キセルでキザミ煙草を吸う大人の火のころがし方などは、子供だった私を感嘆させるのに充分でした、どうして火傷しないのだろうと。

時の速度もゴットンゴットン揺れていたのでしょうか。いまよりは、ずっと言葉少なく生きていたような気がします。

少女のころ翻訳小説に読みふけっては、この中に出てくる外国女性のような気の利いた会話が、どうして私たちの間では成立しないのだろう、と羨んだりしました。

新幹線が走り出すころから、なぜか歳月も超スピードです。いまは商品と同じように言葉も有り余って、既製のものを選択すれば足りてしまう。便利になったけれどゴミが増えたり、味が落ちたり。

半世紀前、農夫らしい人が交した最少限の会話の向こうには、ほんとうにおだやかな海が見える。

それから眠ったのかも知れないという、作者の夢の中の時間は、どれだけの長さだったでしょう。その間に青春も足音を消して立ち去ってしまったような。

八十五歳でこの秋に逝かれた藤原さんが、最晩年に「もう一度あのままあらわれてくれぬだろうか」と結んだ詩の終行からは、言葉への熱い思いが、キザミ煙草の火のように生き生きと、私の手にころげ落ちてきます。

2

五月の雉

蔵原伸二郎

風の旅びとがこっそり尾根道を通る
ここはしずかな山の斜面
一匹の雌きじが　卵を抱いている
青いハンカチのように
夕明かりの中を　よぎる蝶
谷間をくだる　せせらぎの音
ふきやもぐさの匂いが
天に匂う
（どこからも鉄砲の音などきこえはしない）

一番高い山の端に陽がおちる
乳いろのもやが谷々からのぼってくる
やがて、うす化粧した娘のような新月が
もやの中からゆっくりと顔を出す
——今晩は、きじのおばさん——
平和な時間がすぎてゆく
きじの腹の下で最初の卵がかえる
月かげにぬれてひよこがよろめく
親きじがやさしくそれをひきよせる
（どこからも鉄砲の音などきこえはしない）

＊　＊　＊

巣

ここはしずかな山の斜面――、詩を読んだあと、私はそっと周囲をうかがいました。ハテ？　この平穏は、夕明かりの中の静けさは、どこから吹き寄せてくるのかと。

卵を抱いているのは一匹の雌きじ、とあるのに、いつのまにか雉《きじ》と自分とがかさなって、胸にやさしいものを抱え込んでいる。

尾根を行く風の旅びと。うす化粧した娘のような新月から「今晩は、きじのおばさん」と声をかけられれば、ごく自然に私も目を上げてしまう、美しい五月の宵です。

そうして詩は、何県の何処と名付けようのないひとつの場所、ちいさな巣へと読者を招き入れます。人間の足音を消して近付きましょう。ふきやもぐさの匂いが、天に匂うところまで。

最初の卵がかえります。月かげにぬれてよろめくひよこを、雌きじがひきよせる。その仕草のあまりのやさしさに、私の心の殻も割れます。愛はこんな形で誕生するのでしょうか。

　きじの巣は山の斜面の草深い中にありましたが、人も獣も鳥も、母となるのは世界がそっとかくす、草むらのような所、ではないかと考えてしまいます。この詩は作者最晩年の詩集で読みました。

　蔵原さんは敗戦の翌年から昭和四十年、六十五歳で逝かれるまでその大方を、埼玉県飯能に在住されたと聞いております。

　私は戦時中に一度、飯能の山に行ったことがあります。その時の記憶に残る景色。また蔵原さんの詩の背景となった山里は、今どのように変っているでしょう。

　平和な時間がすぎてゆきます。戦争を通り越してきた者にとって、〝どこからも鉄砲の音などきこえはしない〟というリフレインは、祈りの鐘のように聞こえます。

森の若葉

金子光晴

なつめにしまっておきたいほど
いたいけな孫むすめがうまれた
新緑のころにうまれてきたので
「わかば」という　名をつけた
へたにさわったらこわれそうだ
神も　悪魔も手がつけようない
小さなあくびと　小さなくさめ

それに小さなしゃっくりもする

君が　年ごろといわれる頃には
も少しいい日本だったらいいが

なにしろいまの日本といったら
あんぽんたんとくるまばかりだ

しょうひちりきで泣きわめいて
それから　小さなおならもする

森の若葉よ　小さなまごむすめ
生れたからはのびずばなるまい

＊　＊　＊

誕生

なつめといえば掌におさまるほどの大きさ。その中にしまっておきたいほどの孫むすめが生まれた、という。その名は「わかば」
なつめを左手に持ち、右手でそっと蓋をとれば、器に入れた抹茶のみどりが顔を出す。詩の道具だての周到さにおどろきますが、そのことに気が付いたのはたった今、これを書きながら。気付かなくても、詩を味わうさまたげにはなりませんでした。

初孫への愛を存分に傾けた一冊の詩集『若葉のうた』は、昭和四十二（一九六七）年発行。「森の若葉」はその巻頭に。因に「森」は戸籍上の姓、森家に芽生えた小さないのち、という含みもある題名とききました。

それから二十年余りたって、孫娘はちょうど年ごろ、では金子さんが案じた未来、現在の日本は少しよくなっているだろうか、と考えたら突然、最近物議を醸したテレビコマーシャル「世の中、バカが多くて疲れません？」と言って振り向いた女優さんの姿が目に浮かんで、「たしかに、土も水も疲れきっているヮ」と、とんちんかんなことをつぶやいてしまいました。車は増えるばかりの経済街道。

通り越して来た戦中・戦後の、どこを振り返っても、これで安心という日の何という乏しさ。生まれてこなければよかった、と思うこともありました。

そんな時です、この詩にめぐり会ってからは、人生の応援歌のように聞こえてくる最後の一行。

――生れたからはのびずばなるまい

胸の奥の方から沸いて出る、こちらは歓声ならぬ静かな言葉の波長。年老いて先立って行く者が、後に残す思いの深さ、切なさが伝わってきて、敗北した高校野球の選手のように、健康な涙をどっさり流したくなります。

はつ鮎

中　勘助

蓼科川に初鮎をつるかたがた
もしや脚絆わらぢの釣り支度で
竿をもたない年寄がいつたら
お邪魔でもすこし席をあけて
釣りを見せてやつてください
背の高い半身不随の
もののいへない年寄です
彼はわれとわが心から
淋しく　苦しく　不仕合せで
釣りのほかには楽しみがなく

これといつて慰めもありません
老衰のうへに病気もてつだつて
重たい鮎竿がもてないため
さうしてひと様の釣りを見てあるきます
そんな老人にお逢ひでしたら
私の伝言を願ひます
私はここにきてゐると
うきや糸まきおもりなど
かたみの品もあるから
ゆつくりよつて休むやうにと
どうぞ皆さんお願ひします
彼は私の亡くなつた兄です

＊　＊　＊

堰

鮎解禁のニュースが新聞にのるのは初夏の年中行事、きまって川に釣り人の群れる写真が添えられています。流れの中に立って竿をふる人、岸で糸をたれる人。

昨日から明日の方へと流れる歳月に、世間が約束ごとの堰をつくり、さあ今日は解禁、と言ってひらく。いっせいに解き放たれるのは、他でもない人間なのだと思うと、どちらが魚かわからなくなります。

いずれにせよ、そんなにも待ち遠しい日が人にはあるのを、目に見せてくれる夏の幕開きです。

多少の欲と快楽に装備を整えた釣り人たちで、その日蓼科川も賑わうのでしょうか。健康な祭りのような光景に〝われとわが心から／淋しく苦しく　不仕合せで〟一生を終えた兄を思いえがく。

作者二十五歳の時に、脳出血で倒れた十四歳年上の兄は七十一歳で死去。それは勘助が五十七歳ではじめて結婚した、式の当日ということに胸打たれます。その二年後、昭和十八年に夫妻は東京から静岡県に転地、四年半ほど暮らしました。

「わらしな川」という短い文章を読むと、近くを流れる美しい川に〝形から私が名をつけた〟というひとことに、つい笑ってしまったり〝六十になってやうやく家の重荷をおろしたと思えば戦争、漂泊である〟という一行には、長い物語りを感じます。

　中勘助を私は『銀の匙』の作者とのみ覚えて、その外はアンソロジーなどで見かけた詩の何篇かを知るばかりでした。今度出版された全集十七巻の内、詩歌・俳句の一巻をひらき「はつ鮎」に立ちどまったとき、この詩には心覚えがある、いつ巡り会ったのだろう？　と考え、何年か前にラジオで川崎洋さんが紹介されたのを思い出しました。その日から藁科川は私の耳の奥を、清らかに流れていたのでした。

　現世の人に彼岸の人を交えて偲ぶ、祈りにも似たこの詩を前にするとき、私の中でも一つの堰が切れ、熱いものがあふれます。

クレバスに消えた女性隊員

秋谷　豊

京都山岳会登山隊の白水ミツ子隊員が、第一キャンプからベースキャンプへ下山中、ボゴダ氷河のヒドン・クレバスに転落、死亡したのは、一九八一年六月十日のことであった。

もちろん、この日、死亡がはっきりと確認されたわけではなく、救出が困難なままに、氷河の中に見捨てざるを得なかったのである。白水隊員は救出の断念を自ら望んだが、暗黒の氷の割れ目の中で、一条の生の光に望みを託しながら最後まで死とたたかっていたとすれば、その死亡日付はあるいは半日か一日、変更されることとなるわけである。

記録——六月十日午前十一時二十分、ボゴダ峰第一キャンプから三十分ほど下ったアイスフォール帯直下の広い雪原状の氷河上で白水隊員はクレバスに転落した。

直ちに第一キャンプに緊急連絡され、第二キャンプからかけつけた救助隊員が現場に到着したのは十三時十分。彼女の生存は確認された。宮川隊員がクレバスへの下降を試みる。

入口は八十センチくらいの人間がやっとひとりくぐれるくらいの氷の割れ目だが、中に入るにしたがってさらに狭くなり、上から四メートルのところで少し屈曲して幅は五十センチくらい。そこで下の方にひっかかっているザックが見えた。しかしそこからはさらに狭くなり、靴を真っすぐにしては入れず、アイゼンの爪が効かない。ザイルにぶらさがったままの状態で、少しずつ降ろしてもらい、ようやくザックに達する。「大丈夫かあ」期待をこめてザックに手をかけるが、その下に白水さんはいない。声をかけると、応答はあった。が、まだはるか下の方である。

そこからは氷の壁はまた少し屈曲し、真っ暗で、さらに狭くてそれ以上は下降できない。やむなくザイルの端にカラビナとヘッドランプをつけて降ろす。一〇メートル（上からは二〇メートル）降ろしたところで彼女に達したようだが、彼女自身どうにもザイルをつかまえることが出来ないのか、ザイルはかすかな手ごたえを感じるが、そのまま空しく上がってくる。

そういう作業を何度も「しっかりしろ」と大声で彼女に呼びかけながらやっている時に、

「宮川さぁーん、私ここで死ぬからぁー」

「宮川さぁーん、奥さんも子供もいるからー、あぶないからぁー、もういいよぉー」

という声。かなり弱った声だったが、叫ぶような声だった。彼女自身でもう駄目と判断してのことだろう。

まったくやり切れない気持ちだった。声が聞こえてくるのに助けられない。くやしさが全身を貫く。

十六時、彼女の声はまったく聞こえなくなった。カメラ助手の新谷隊員、そして当日頂上アタックした山田、大野両隊員もクレバスに降りた。しかし誰も宮川隊員が降りた位置より下には行けず、二十一時ついに救助作業を打ち切った。（京都山岳会隊・宮川清明隊員の手記）

白水さんは二十九歳、独身だった。

＊＊＊

六月の墓

詩としては長文ですが、過不足のない表現が私を一息に、この異常事態に引き込みました。最初に読んだ時の衝撃は、何遍読み返しても衰えることがありません。ときどき思います。ふだんなんでもない折にふと、白水隊員の最期について。

クレバスに落ちた瞬間、加速度のついた肉体は、通常なら途中で止まったかも知れない裂け目をもすり抜けて、落ちて行ったのでしょう。同じ様には下降できない救助隊員が、それでも行ける所まで行き、やむ無く降ろしたザイルの先のヘッドランプ、その光は白水さんの目に映ったでしょうか。ザイルの先にちょっとでも触れることが出来たのでしょうか。

いのちの眺望が明るくひらけた街の中にいて、身も凍る思い、と言ったところで空々しいばかりですが。それでも想像の中で自分をクレバスの底の方に置き、もし落ちたのが私だったら、その状況に置かれたら、と考えます。

自分はもう死ぬ外ない、ここで死ぬ、と決めた時、ひとことの泣き言も漏らさずに、相手の立場をいたわり「もういいよ」と、最後に言う。

お前には言えるか？　この詩はそのことを繰り返し問いかけて来ます。すると困ったことに、私を知る人たちの声で「まあ駄目でしょうね」と軽い答が返ってくる。尋ねてもいないのに。

私は最初、ボゴダ氷河が天山山脈にあることを知りませんでした。詩の中の「ここ」だけを感じました。白水隊員の容貌その他は今もって知りません。誰からも見届けられ、確認されることのなかった、ひとつの死だけを感じます。

氷河に落ちて帰ることのなかった女性の最期を伝える秋谷さんの詩は、白水ミツ子さんのために建てた美しい墓だと思っています。

風景

伊藤桂一

竹藪で誰かが竹を斫《き》っている
竹は華やかな叫びをあげて大袈裟な身振りで仆れてゆく
そのあと　天がますます明るくなる
これから斫られる竹は身を寄せあい
羞しげな含み笑いを交しながら
なぜだか嬉しそうに順番を待っている

＊

はははは　と　誰かが澄んだ声をして笑う
鳥かしら？　鳥でもない
そこらがばかに騒がしくて

竹藪の中に誰かがいるらしい
彼は竹を斫っている　すると
紺青を刷いてゆるやかな弧を描いてつぎつぎに仆れる竹が
はははは　と擽ったそうに笑うのである

＊　＊　＊

竹の声

この夏、私は何度か竹の笑う声を聞いたように思いました。

都会の片隅に住んで、近くに竹藪のある生活をしたことがありません。たまに旅先などで見かける竹は、いつもひとかたまりになって生え、他の樹木と混じり合わないけれど、周囲と無理のない姿で調和していました。西国の竹、東国の竹。

それならこの詩の風景は、場所としてどの辺にあるのかと考えました。すぐそばだよ、という答えが返ってきました。これもどうやら詩の中からの声。

竹藪はいつからか私の心に根を張り、煩瑣《はんさ》な日常の中に自然の在り方をみせてくれる明るい一郭となっているのでした。笑い声はそこからのものです。誰がいるのでしょう?

竹を斫《き》っている誰か、澄んだ声で笑う誰か、擽《くすぐ》ったそうに笑う竹、

誰かがいるらしい——ここでは竹がほんとうに嬉しそうです。斫られるのを待つ、仆《たお》される、という通常なら痛みとか、恨みなどにつながりやすいことを、喜びとして表現して見せてくれた詩に慈悲を感じます。

「風景」が収録されている詩集『竹の思想』の中には

〝竹があると／山はやさしくなる／竹が／あまえるので〟

〝私がこの世で学んだことといえば／自身をぐるりにどう美しく溶かしきるか／ということだけだった〟

といった詩句があって、かたくなな心、溶けたくても溶けない私に手をさしのべてくれます。

イルカ

川崎　洋

イルカは
もと陸上に住んでいたが
五千万年ほど前に
海へ還っていった生物だと聞いた
会話音の基本型は七十五
日本語のアイウエオより多い
上は三百キロヘルツくらいの音を出す
ひとは十六か十七くらい
チンパンジーより段違いに秀れた頭脳を持つ
秀れた

というのはヒト側に立った計測の表現だが
海のなかでは
口をあけて泳いでいるだけで
エサが入ってくる
だから彼らは
ヒトが衣食住に苦労し努力するような
そんなあがきとは無関係に
暮らしてきた
もしイルカが陸上にとどまり
衣食住に努力していたら
ヒトは
これほどには栄えなかっただろう
という
いま彼らは海で

ふざけたり遊んだり
そのほかにすることがない
ただそれだけの話
めでたしめでたし

* * *

昔語り

伊豆半島の西側は変化に富んだ海岸線に恵まれ、いくつかの入江をかかえ込んでいて、私の両親の故郷である二つの町もその沿岸にあります。祖父母の代に東京へ移転した一家なのですが、都会に住みながら囲炉裏を切って、そのまわりで団欒《だんらん》するような田舎暮らしを続けていました。

大人達の膝に乗って炭火にあたるほど幼かったころ、私は同じ膝でも祖父の胡座《あぐら》に一番の安定感を覚えました。その膝の上で聞いた昔語り。「江川太郎左衛門さんが村の使いで行った私のおじいさんにこう申された、」とか。「乃木将軍に道で挨拶したら馬上から答礼下さって、」とか。

そんな中で伊豆のイルカ漁の話は、なぜか心に長く残りました。「安良里《あらり》の港は入口が狭く、奥が深いからイルカを追い込むのに好都合でネ。」何十頭だか何百頭が、沖の方から港内に追い詰められると、男衆が裸で海に飛び込み、泳いでイルカに抱き付くのだそうな。イルカは人肌を慕って、抱かれるまま浜に上げられてしまう。私は人間の温みに身を寄せる海の生物がいとしくて、とても好きになりました。

川崎さんの詩は、五千万年前に海へ還っていったイルカの物語り。

〝もしイルカが陸上にとどまり／衣食住に努力していたら／ヒトは／これほどには栄えなかっただろう／という〟仮定。めでたしめでたし、で笑ったあとに残る諧謔《かいぎゃく》の深さ。ただそれだけの話ではすまないところへと、読者を誘い込んでくれます。

囲炉裏端で聞いた昔語りはイルカのあわれ

川崎さんの大昔にさかのぼる詩は、　つまるところヒトのあわれ
その双方に海の匂いを感じます。

髪

新川和江

じょうずに　束ねられない朝がある
よその畑の麦みたいで
盗んだわけでもないのに
ますますあわてて　うまく結《ゆ》えない

ばらりと　ほどけてしまう夜がある
丘陵を攀じ　谷間を匍い
蔦におおわれた城館さながら
私の景色を閉じこめてしまう

私のものなのだろうか　これは
私が眠っているときにも
目ざめて　悲しんでいるときにも
伸びやまぬ　このしぶとい草は

生えているのは
まぎれもなく私の土地だが
栽培主は私のあずかり知らぬ場所にいて
夜昼眺めているような……

＊　＊　＊

あずかり知らぬところ

髪が長かった若い日のことを思い出します。長かった髪は色もつややかで、一日も未来の分量も多かった。その記憶が、じょうずに束ねられない朝を、なつかしくよみがえらせてくれます。

無造作にたばねた髪が、一ぺんで心に適うかと思えば、今日は人に会う、そんな時に限っていくら結い直しても気に入らなかったりして。

それを新川さんは〝よその畑の麦みたいで／盗んだわけでもないのに〟と表現する。読者は鏡の中から、いきなり戸外の、それも広い穀倉地帯のような場所に連れ出されてしまう。

ゆたかな土壌に播かれたウィットの種子。伸びてやまない自分の髪が、しぶとい草に変ぼうする。思わず笑ってしまいますが、その笑いを、詩は確かな手つきで束ねてゆきます。

〝私のものなのだろうか　これは〟というところへ。

髪、からだの地平に茂るこの不思議な植物、ほんとうに、その生育は誰がつかさどっているのでしょう。

旅をして、緑におおわれた山々を見るとき私も、木は頭髪のように生えている、と思うことがありました。面を伏せている山が、いつか顔を上げるときがくるかも知れないなどと。

去年弟と永別して、半年以上たった時のこと。それまでにも何回か行っていた美容院で、いつもの担当者が私の髪をカットしながら「髪がしっかりしてきましたね」と言うのを聞いて驚きました。こちらの事情を知る筈のない人が、ただ髪だけの手応えで、いのちの根元のようなところに触れているのに。

私は黙っていました。悲しみはこのさき癒されることはないだろうと思っているのに、体は少しずつ立ち直ろうとしているのかと。

夜の洗濯

山崎榮治

鬼の洗濯板
と人のよぶ荒磯《ありそ》の大岩盤に
人の寝しずまる丑三つ時
眠らない巨大な闇につつまれて
眠らない百頭もの鬼がずらり
ざぶざぶ　ざぶん
ぴしゃり　ぴしゃり
世に夜更けの洗濯くらい
おどろおどろしく哀れなものはない
はてしない呵責の

よごれものの束を　水束を
岩のあの粗いあばらに
ざぶん　ざぶざぶ
ぴしゃり　ぴしゃり
いつか沖の一線が白み
遠くまた近く歯並みが白み
さめざめと闇はうすれて
今はつめたい飛沫ばかり
ざぶん　ざぶん
ぴしゃり　ぴしゃり

＊　＊　＊

遠い潮騒

いつか観光案内の写真に「鬼の洗濯板」という岩礁風景が載っていました。行ったことのないその景色は忘れましたが、詩を読んで通過したひとつの状況は、目に残る形とはもひとつ別の、旅の記憶として鮮明です。

何かの折にふと耳を傾ける、あ、あの遠い潮騒。

最初に出会ったその時から、どうやら私は旋律として受け取ったような気がします。今あらためて読み返して見ると「ざぶざぶ　ざぶん」「ざぶん　ざぶざぶ」「ざぶん　ざぶん」とことばの響きを変え、そのあとを「ぴしゃり　ぴしゃり」と打ち返してゆく。ずいぶん細かな配慮で成り立っている文字の音楽だ、と思いました。

夜更けの洗濯くらい、おどろおどろしく哀れなものはないという、その夜中の洗濯を、私は長いサラリーマン生活中によくやりました。仕切り扉ひとつで隔てられたアパートのベランダで、洗い終えた洗濯物を竿にかける、そのわずかな物音が、寝静まっているはずの隣り近所に気兼ねでした。もしかしたら私も百頭の中の、一匹の鬼だったかもわかりません。――生きているいのちの罪業のようなものを／すすぎ、乾かし、折りたたんでは／取り出す――(洗たく物)、と詩に書いたのもそのころです。

おどろおどろしい鬼ではあっても、していることがごく日常的な洗濯なのが、この詩を愛嬌も哀れも闇と共に深くして、なつかしい子守唄のようにこちらの胸に、よせて、よせてくるのでしょうか。

だけど、と入りかけた夢からさめるように、現在洗濯板のある家庭がどれだけあるだろう、と考えました。若い人は見たこともないのでは？と。辞書には〈衣類などの洗濯に用いる刻み目のある木の板〉とあります。たらいに水を張って、その縁に斜めにたてかけ使用する矩形《くけい》の薄板。下着もシーツも襁褓も、すべてが手洗いだった日、それは骨の折れる仕事ではあったけれど否応なし、物との付合いは深かったナと思います。

鬼の洗濯場もやがて鳴門の、「うず潮」あたりに移動するのでしょうか。

布良海岸

高田敏子

この夏の一日
房総半島の突端　布良《めら》の海に泳いだ
それは人影のない岩鼻
沐浴のようなひとり泳ぎであったが
よせる波は
私の体を滑らかに洗い　ほてらせていった
岩かげで　水着をぬぎ　体をふくと
私の夏は終っていた
切り通しの道を帰りながら
ふとふりむいた岩鼻のあたりには

海女が四、五人　波しぶきをあびて立ち
私がひそかにぬけてきた夏の日が
その上にだけかがやいていた

＊　＊　＊

詩の構図

いつか私の書いた「不出来な絵」という詩を読んだ中学生五、六人のグループから、いくつかの質問を箇条書にした手紙が届き、その中に「この絵の構図を画くように」とあって、長方形の枠が用意されていました。

私は絵を画いたのではないので、構図を添えなければ伝わらないとしたら詩として失敗、という意味の答をいたしました。

こんなことを前述したのは、「布良海岸」の簡潔な表現によって立ち現れる、ひとつの情景に感嘆するからです。

そこは房総半島、布良の海の人影のない岩鼻。この風景の構図を、まだ行ったことのない私に画くことは出来ませんが、まるごと感じることが出来ます。

若者が最新の水着で浜辺に群れているのとは違って、人目に立たない場所を選び、沐浴に近い泳ぎにいっとき身をまかせる、この女性の年齢はいくつ位でしょう。私にはまだ充分に美しい、昨日と今日の差ほどで、もう若いとは言われない方に傾いた、一人の同性の姿がありありと浮かんで見えます。波に洗われているひそかな情感、体温のほてり。

その先の見事な転換。

岩かげで水着を脱ぐ、それだけの動作の中に一年のうちの一夏と、一生の中の一夏にも当る青春を重ね合わせ、私の夏は終った、と表現する。

その表現は読む者の思いを、引いてゆく波の力で誘い込みます。明るい哀愁。

振り向けば、さっき自分がいた場所に、健康な海女の群像が波しぶきを浴びて立っています。私にそそいでいた輝きが、今はそこだけにあるという、何というまぶしさ。

千葉県の地図には、小さく布良と印された所があるのでしょう。いつからか私はそこに、等身大の女人像を立たせて久しい。けれどその像を彫塑《ちょうそ》のようには形としてつかみ難く、風景を具体的に絵に画くことも出来ない。これは一篇の詩なのだと思います。

ある時

山村暮鳥

わたしはうやうやしく
いつものやうに感謝をささげて
すうぷの椀をとりあげました
みると
その中におちて
蠅が一ぴき死んでゐるではありませんか
おお神様
じやうだんではありません

ある時

山村暮鳥

また蜩《ひぐらし》のなく頃となつた
かな　かな
かな　かな
どこかに
いい国があるんだ

＊＊＊

ハエとひぐらし

時折、晴れた空を仰いでポカンとしていると、暮鳥の詩に肩をたたかれます。

おうい雲よ／ゆうゆうと／馬鹿にのんきさうぢやないか／どこまで
ゆくんだ／ずつと磐城《いはき》平《たひら》の方までゆくんか

私の中にあって言葉にならなかった思い、雲を見ていると呼びかけたくなる思い、を言葉に表してくれた詩人。「おうい雲よ」とは、何という単純明快。

以来のんきそうな雲はみんな、磐城平の方へ流れてゆくことになりました。

詩がはたらきかけてくれる笑いの要素は、今のところ稀少です。詩を読んでいて笑うことはあまりありません。

ハエの詩には思わず笑ってしまい、その後なんべん読んでもおかしいので、友だちに紹介したことがあります。するとひとりはクスッと笑って面白い、とつぶやき、もうひとりはどこが面白いか説明してほしい、と言いました。お椀の中に蠅が死んでるなんて、現在の生活からは考えられないし、むしろ気持のわるい詩だと。

私に説明する力が足りなくて困りました。詩に責任をとってもらうしかありません。

山村暮鳥は明治十七年に生まれ、神学校を出たあと牧師になりましたが、やがて結核になり大正十三年、四十歳で亡くなりました。生涯貧しい暮らしの中で子供を愛し、買ってやれない玩具の代りに童話を書いた、という話も聞きました。

ひぐらしの鳴くころ、ミンミンやジイジイの大合唱にとってかわるカナカナの哀愁。

どこかにほんとうに、いい国があるんでしょうか。

また夏が来ました。

退屈

杉山平一

十年前、バスを降りて
橋のたもとの坂をのぼり
教会の角を右に曲つて
赤いポストを左に折れて三軒目
その格子戸をあけると
長谷川君がいた

きょう、バスを降りて
橋のたもとの坂をのぼり
教会の角を右に曲つて

赤いポストを左に折れて三軒目
その格子戸をあけると
やつぱり長谷川君がいた

＊＊＊

目のウロコ

一節と二節の字句がほとんど同じで、違う言葉が三つしかない「退屈」。最初に読んだときから仮に十年後として、再び詩集の同じ頁をひらいたとき、やっぱり長谷川君がいた、と読者である私に感じさせてくれる不思議な存在感。

久しぶりに人を訪ねてみれば、途中の坂も、教会も、ポストも、そして家のたたずまいも、何ひとつ変っていない。そういう営みを人は繰り返し、生きている。

それだけを表現するには、既に変ってしまった部分は切り捨ててしまう。長谷川君も少し老けた、などとは書かない。そうすることで地に足が生えたような、動きのとれない人の暮らしが、詩の形で切りとられる。退屈そのものがひとつのかたちとして見えてくる。実際はそれどころではない、毎日のあくせくがあったとしても。

次の詩は同じ作者で、何度読んでも最後には笑ってしまう、深刻な内容。

生

ものをとりに部屋へ入って／何をとりにきたか忘れて／もどることがある／もどる途中でハタと／思い出すことがあるが／そのときはすばらしい

身体がさきにこの世へ出てきてしまったのである／その用事は何で
あったか／いつの日か思い当るときのある人は／幸福である
思い出せぬまま／僕はすごすごあの世へもどる

ふと用事を忘れる、自分が書いたのではないかと思うほど、私には身に覚えのあることですが。〝身体がさきにこの世へ出てきてしまったのである〟から先は、詩が目のウロコを落してくれたあと、見えてきたことです。

砂の枕

堀口大學

砂の枕はくづれ易い
少女《をとめ》よ　お行儀よくしませう
沢山な星が見てゐますれば
あらはな膝はかくしませう

＊＊＊

犬の分際

「砂の枕」に私が感じる季節は夏です。この詩にはじめて出逢ったのはいつだったでしょう。少女よ、と呼びかけられるにふさわしい年ごろだったのはたしかです。

今ならこんなわかりやすい詩が、と思うのですが、当時、呼びかけられた言葉の内容はよくわかりませんでした。わからないのに何を感じてのことか、折にふれ口ずさむことを覚えました。音に出ない詩のリズム。

この詩は、おてんばだったり、突っぱったりしている時の私を、なぜかしおらしくする力を秘めていました。

話は違いますが、犬が道端の草を食べていることがある。あれは自分のからだにいい草を知っていて、選んで食べているのだと聞きました。本当かどうか。

少女期図書館へ通って、あまり面白いとも思わず、意味もよく理解できない詩集など読みあさっていた、あの不可解な行動は、やはり自分に必要なものを本能的に感じとり、食べていた、私もまた犬の分際だったのかもわかりません。

ところが、最初の暗誦を間違えたのでしょう。

砂の枕はくづれ易い
少女よ　あらはな膝はかくしませう
沢山な星が見てゐますれば

私の記憶はがんこにこの三行を手離しません。「お行儀よくしませう」というところを読み落さなかったならば、意味不明ということはない筈だと思います。読み落した為に、お行儀よくしなければなりませんよ、という意味を言外のこととして何となく受けとり、その余韻のようなものが、私を何べんとなく立ちどまらせてきたような気がします。

砂の枕、いくつ崩れて年をかさねたことでしょう。振り返ると海のようです。少女の日を過ぎて社会人となってからも、会社人を定年退職しても、「沢山な星が見てゐますれば」というひと言は、いまなお私に作用いたします。

3

虫けら

大関松三郎

一くわ
どっしんとおろして　ひっくりかえした土の中から
もぞもぞと　いろんな虫けらがでてくる
土の中にかくれていて
あんきにくらしていた虫けらが
おれの一くわで　たちまち大さわぎだ
おまえは　くそ虫といわれ
おまえは　みみずといわれ
おまえは　へっこき虫といわれ
おまえは　げじげじといわれ

おまえは　ありごといわれ
おまえらは　虫けらといわれ
おれは　人間といわれ
おれは　百姓といわれ
おれは　くわをもって　土をたがやさねばならん
おれは　おまえたちのうちをこわさねばならん
おれは　おまえたちの　大将でもないし　敵でもないが
おれは　おまえたちを　けちらかしたり　ころしたりする
おれは　こまった
おれは　くわをたてて考える
だが虫けらよ
やっぱりおれは土をたがやさんばならんでや
おまえらを　けちらかしていかんばならんでや
なあ

虫けらや　虫けらや

＊＊＊

山芋の少年

大関松三郎は大正十五年、新潟県生まれ、小学校を卒業する時、その一年間に書いた詩を集めて「山芋」という鉛筆書きの詩集を、自分の手でこしらえたそうです。

六年間を通して受持だった先生、寒川《さがわ》道夫氏が、その指導記録と共に『山芋』として出版したのが昭和二十六年。当時私も感動して読みました。書き写した記憶もあるので、借りた本だったのでしょう。なかでも「虫けら」は心の奥深く生き残りました。

自分に不都合なもの、自分が必要とするものを殺したり、食べたりしながら生きてゆかなければならない人間の立場から「なあ　虫けらや」と嘆息する。松三郎の詫びのような、祈りのような言葉を、私もまたつぶやくようになりました「おまえらを　けちらかしていかんばならんでや」と。

詩集は再版され、文庫にもなったはずなのに、いま手に入れようとしても書店にはないことがわかりました。かなり評判になった本でもたちまち絶版、廃刊になってしまう、濁流のようなものの勢いを感じます。隣り町の図書館で再会しました。扉に見覚えのある一枚の写真、小学生の男の子がイガグリ頭、黒い詰衿服を着てまっすぐこちらをみつめています。遠くなったのは明治、と思い込んでいるまに、太平洋戦争も昭和も遠くなってゆくのでしょうか。それならば私たちも。

高等小学校を卒業して鉄道教習所に入所、機関助手をつとめた後、海軍志願兵として出征、昭和十九年南支那海で、雷撃を受けた船と共に沈んだ松三郎。

最初の職業選択理由のひとつが鉄道に入れば「うちのものはただで汽

車に乗せてもらえる」ということに違いない、と先生が書いていられる。

「これは貧しい松三郎ができるいちばんてっとり早い親孝行であったろう」とも。わかるなあその気持、とうなずく老人がまだ残っているように思います。

そんなささやかな願いごとが、無残にひっくりかえされ、けちらされていった時代。かぞえきれない松三郎、かぞえきれない少年たち、八月十五日は戦争の祥月命日。

おまえがきたので

城　侑

山にはいって
木を盗もうと考えていたわけではない
おれはなにも考えなかった

だからなにも起らなかった
第三者として木は生い繁り
小鳥は梢で空を見ていた
静かな山では
なにも起りようがなかった
おれは木を伐り

そして束ねた
それだけだった

そこへおまえが現われたのだ
頬かぶりして
どろぼう！と
おまえはおれに怒鳴ったのだ
そのときだった
静寂が破れたのは

おまえがくるまで
山は静かで巨大だった
杉の木は枝を伸ばし
松の木は松やにの匂いをあたりに撒き散らしていた

ところがおまえが騒いだために
山は所有物に化けた

山鳩の糞で汚れた山椒の木も
榊や椿も
杉や檜も
銭苔や羊歯の死骸もおまえの所有物に化けた
小鳥でさえも
その化け物に恐れをなして逃げてしまった

＊＊＊

静寂の破れ目

私の手元に『泥棒』という物騒な題名の詩集があって、何となく気がかりな本です。

もしかしたら、ねらわれているのかも知れません。私の心の古い皮質、教えられてきた秩序とか常識、それゆえの平穏が。

そう思うと防禦《ぼうぎょ》の姿勢で身構えることになります。それで自分に説明します。これは城さん自身が泥棒として登場する、現代の寓話だと。

素朴な語り口で作者が面白い話を繰り返し伝えようと骨折っています。というより、大真面目で一生懸命訴えてくることが、何となく可笑しいのかもわかりません。

詩の舞台は静かな山中で、読みながら私もまた山道をたどります。木が第三者として生い繁っていたりすると、つんのめったりしますが。

他意なく木を伐り、束ねた男の前に「おまえ」があらわれ「どろぼう」と怒鳴る。ご丁寧にも頬かぶりしているのは「どろぼう」ではなく、「おまえ」のほうだったりして。それはともかく、私がハッとして立ち止まるのは次の二行です。

　そのときだった
　静寂が破れたのは

もとの静寂をとり返すにはあまりに喧噪な世の中で、思わず耳を澄ます、静寂の破れた瞬間に立ち戻らせてくれる、詩のことばが私にとって必要でした。

同じ本の中から「大事」という詩を引用してみます。

おれはいったい／おまえにたいしてなにをしたのだ／ただちょっと／山で木を伐っただけのことじゃないか／それが大事だと騒ぐほどなら／おまえ自身／ずいぶんまえから／もっと大事をひき起している

おれはいま／木を何本か盗んだだけだが／百年前から／おまえは山を／全部自分のものにしている

こういう詩を読んで、大笑いする余裕のようなものを、少しずつ蓄えてゆきたいと、いつからか願っています。

当節、あまりに立派な面構えで虚偽がまかり通るのを見ていると。

天下末年——庶民考

伊藤信吉

茨城の海岸近い地域のどこかに
天下末年。と、
それだけ刻んだ
石碑がある。
新聞でそういう投書記事を読んだ。

末年と言うからには
私ごとの歎きではない。
文字は徳川幕府時代の古い刻みだという。

疫病。
飢饉。
酷税。
そのどれかは知らぬ。
そのすべての重層かも知れぬ。

どろどろ世相を怨み憎み身もだえした
その歎きが
石に化して。今も
在る。
という。

いつの日か
私は石碑を訪ねる。

だが、
天下末年の字型は深い刻みで
すでに私の胸に
刻まれてある。

徳川の末年。明治の末年。大正の末年。昭和の末年。
今の今の末年。
その古く事あたらしい末年が
幾重にも刻まれて私にある。

底知れぬ疑獄を解こうとすれば阻《はば》む汚濁の手。
東北・北海道の農作凶作の秋。
天災を呼ぶ人災。
風潮の逆流。

木枯し吹く巷《ちまた》に
私の思いも末年悲歎に一基の石碑となる。

＊＊＊

碑銘

本棚に『天下末年』という紙碑が立っています。詩集の題名であり、中に収録された詩の一篇でもあります。頁をひらくと茨城の風が吹き、徳川の庶民の足どりで立ちどまる、そして考えます。私はずいぶん古いまつりごとの、土壌の上に住んでいるらしいと。

それにしても〝底知れぬ疑獄を解こうとすれば阻《はば》む汚濁の手。〟とは今の今の状況。

天災を呼ぶ人災。

風潮の逆流。

ひとつひとつ思い当ることばかり。一九七六年に発表された、とも考えられない新しさだけれど、十何年位の時差に驚くことはなさそうです。明治も、大正も、昭和も、同じように天下は末年だったと、作者の悲嘆が彫りの深い文字を刻んでいるからです。

同じ詩集の「東北の旅で——農政考」では、花巻で見た餓死塚のことがうたわれていて、

奥羽飢饉、一〇万死者の碑を
私は見た。

＊

凄惨無残のその〈時〉を
天保七年（一八三六）前後数年にわたる
昔。と言うか。

とても昔のことと思えないのが私の実感です。飢餓は太平洋戦争中に味わったつい昨日のことであり、恥をさらせば自分に盛り分けられたご飯を前に〝かれとこれとを見くらべて／我はかなしき餓鬼となる〟と若い日、詩に書いたこともあるのですから。

戦場で餓死した兵士の数をまだ知りません。

やせた心

中桐雅夫

老い先が短くなると気も短くなる
このごろはすぐ腹が立つようになってきた
腕時計のバンドもゆるくなってしまった
おれの心がやせた証拠かもしれぬ。

酒がやたらにあまくなった
学問にも商売にも品がなくなってきた
昔は資本家が労働者の首をしめたが
今はめいめいが自分の首をしめている

おのれだけが正しいと思っている若者が多い
学生に色目をつかう芸者のような教授が多い
美しいイメジを作っているだけの詩人でも
二流の批評家がせっせとほめてくれる

戦いと飢えで死ぬ人間がいる間は
おれは絶対風雅の道をゆかぬ

＊＊＊

道

近くの小さい児童公園に、時計を掲げたポールが一本立っています。
その横の道を通るとき、円い文字盤を見上げて時刻をたしかめてしまう。

いま家を出てきたばかりでおよその時間はわかっているのに、なぜあの時計は私を呼び止めるのか、と思います。「やせた心」の終りの二行も、折りにふれ、なぜ私を呼び止めるのかと思います。時計の二本の針のように。

この詩が新聞に発表されたのを最初に読んだとき、膝を打つような共感を覚えました。二、三日後、詩誌主催のセミナーがあって、作者に断りもせず朗読してしまったことを思い出します。

その後、昭和五十四年に出版された『会社の人事』という、意表をついた題名の詩集で再会しました。もう見失わないですむ、という本棚の上の安堵。

戦いと飢えで死ぬ人間がいる間は
おれは絶対風雅の道をゆかぬ

現世をふまえて、そう言わずにはいられなかった中桐さん。私はいったいどの道を来たのだろう、と振り返りました。若いとき、詩を書くことを趣味などと言われるのは不満でした。気負っていたのですね。今はどう言われても仕方がないと思っています。ただ精一杯生きて、少しばかり物を書きました。それが何になった？　何の用にも立たなかったというのが実感です。自分ひとりのわがままに過ぎなかったと。

通りすがりにどうしても目を止めてしまうポールの上の時計の針です。

青イ**シグナル**

近藤 東

眼ヲツムッテ聴イテ下サイ

・ソレハ何デアルカ？
遠イトコロデ強ク光ルモノハ？
遠イトコロデ青ク光ルモノハ？
・ソレハ青イ**シグナル**デアル
・青イ**シグナル**ハ青イノデアルカ？
・然リ　青イ**シグナル**ハ青イノデアル
・ソレハ何ヲ意味スルカ？
・ソレハ進行ヲ意味スル
・シンコウ？

・然リ　進行！
進ミ来レノ合図デアル
・ソコニハ何ガアルカ？
・ソコニハ何ガアルカワカラナイ
シカシ　新シイ歴史ガアルノハ確カデアル
新シイ歴史ノアルノハ確カデアル
・君ハ将ニ行カウトシテヰルノカ？
・勿論　行カウトシテヰル
シカシ　僕バカリデハナイ
君モ　アナタモ　オ前モ
諸君諸君諸君モ行クベキデアル
・諸君　眼ヲツムツテ聴イテヰル諸君！
諸君ノ瞼ノ奥ニ
青イ**シグナル**ガ見エマスカ？

見エル者ハ行クベキダ
見エル者ハ出発ダ
見エル者ハ進行ダ
見エル者ハ発車ダ
・トコロデ見エナイ者ハ？
・見エナイ者ハ已ムヲ得ン
ソノママ深イ眠リニツキ給へ　諸君！

＊　＊　＊

演説

都心を少し離れた私鉄沿線に住む私は、アパートの三階の部屋から、百メートルほど向うの土手の上を窓と平行に、目と同じくらいの高さで走る三輛連結の電車の往来をちらちらと見てすごします。窓外に掛けたもうひとつの時計のように。

商店街へ行くには、子供のころ見た絵本のデンシャの中に出てきたのとそっくりな、ちいさい陸橋の下をくぐります。遠くの方でチンチンチンチンと警報が鳴り出すと、ほどなくごおっと電車が通過して行きます。

夜道でそんな音を耳にすると、私はなぜか演説者の如く胸を張り、「諸君!」とやりたくなります。

——青イシグナルガ見エマスカ?

(見えます)

——見エル者ハ行クベキダ

(はい)

そんな自問自答。心が勇んで出発進行します。

私がこの詩を作者自身の朗読で聞いたのは戦争中だったと思います。けれどまだ空襲を知らなかったころ。有楽町かどこかのホールで朗読会があり、詩の同人誌仲間数人と連れ立って行きました。いまあらためて詩集を取り出して見ると、眼ヲツムツテ聴イテ下サイと断ってある。私は作者の望む方法で最初に出会ったことになります。以来まぶたの奥に明滅する青いシグナル。

　時にはさっぱり光らない青いシグナル。
——見エナイ者ハ已ムヲ得ン
　ソノママ深イ眠リニツキ給ヘ
しかし　新しい歴史があるのは確かである——と語りかけられては、

眠ってしまうわけにもいかないんですよねえ、諸君。

つくだにの小魚

井伏鱒二

ある日　雨の晴れまに
竹の皮に包んだつくだ煮が
水たまりにこぼれ落ちた
つくだ煮の小魚達は
その一ぴき一ぴきを見てみれば
目を大きく見開いて
環になつて互にからみあつてゐる
鰭も尻尾も折れてゐない
顎の呼吸《こきふ》するところには　色つやさへある
そして　水たまりの底に放たれたが

あめ色の小魚達は
互に生きて返らなんだ

＊＊＊

味覚

二・二六事件で反乱に加わった兵士の原隊のひとつ、歩兵第一聯隊は私が生まれ育った家のすぐ近くにありました。

町の人たちが兵隊屋敷と呼んでいた、広い営内には桜の木が多いらしく、春がくると塀越しに枝さしのべて咲く花もあって、悪童は知恵をしぼり、届くかぎりの小枝を折って遊んだりしました。

靖国神社例大祭の朝は、ザックザックという重い靴音が露地裏まで響いてきます。私は家を飛び出し、表通りへと急ぎました。鉄砲を担ぎ、背嚢《はいのう》を背負った兵隊達が道幅一杯、脇目もふらず行進してゆきます。赤坂から九段へ向かう長い長い行列でした。そのとき嗅いだ不思議な匂い、あれは集団から湧き立つ汗と皮革と男の匂いだった、と気がつくのはずっと後、たくさんなことが目の前を通り過ぎ、大人になってから。

兵隊は戦争に行き、私の町は敗戦の年の五月に空襲で焼け落ちました。丸焼け同然の見晴しに、消防署が元の姿で残っていたのは、納得のゆくような、ゆかないような風景でした。

戦後四十三年たって、二・二六事件の真相がようやく重い蓋を開け、あっと驚いた昭和の浦島は、たちまちおじいさんおばあさん。「つくだにの小魚」には戦争のセの字も出てこないのに、以上は身勝手な読者の連想です。

今日はひとつ、詩神に供え物いたしましょうと、つくだ煮やさんへ行き、わかさぎと小女子を包んでもらいました。アパートに帰り、周辺に水たまりもなかったのでお腹の中へと放流しましたが。

どう考えたって、はじめからつくだ煮の小魚が生きているわけがない、

わけのないところに詩は生きていて
「互に生きて返らなんだ」
とつぶやくとき、煮しめた人生の甘辛、泣きたいようなおかしみを味わいます。

骨のうたう

竹内浩三

戦死やあわれ
兵隊の死ぬるや　あわれ
遠い他国で　ひょんと死ぬるや
だまって　だれもいないところで
ひょんと死ぬるや
ふるさとの風や
こいびとの眼や
ひょんと消ゆるや
国のため
大君のため

死んでしまうや
その心や

白い箱にて　故国をながめる
音もなく　なんにもなく
帰っては　きましたけれど
故国の人のよそよそしさや
自分の事務や女のみだしなみが大切で
骨は骨　骨を愛する人もなし
骨は骨として　勲章をもらい
高く崇められ　ほまれは高し
なれど　骨はききたかった
絶大な愛情のひびきをききたかった
がらがらどんどんと事務と常識が流れ

故国は発展にいそがしかった
女は 化粧にいそがしかった

ああ 戦死やあわれ
兵隊の死ぬるや あわれ
こらえきれないさびしさや
国のため
大君のため
死んでしまうや
その心や

＊＊＊

きのうのこと

「あの声を覚えていますか？」

同年配の女性に何度か尋ねてみました。太平洋戦争中、靖国神社では春秋二回の臨時大祭があり招魂の儀というのが行われました。その時にラジオ放送で聞いたひとつの声。

夜空に向かって深く重く発せられた呼ぶとも、叫ぶともたとえ難いその声に、戦場に散った兵士の御魂が只今ここに還って来る。そういう意味のことをアナウンサーは言わなかったろうか？ 私の思い込み、思い違いだったかもわからない。なぜなら「覚えている」と答えてくれた人にまだ出会っていないから。

昭和十八年十月十五日、朝日新聞一面トップの大見出しは「忠魂靖国の杜に神鎮る／粛々と進む御羽車／招魂式　浄闇に四万の嗚咽」記事のごく一部を、勝手に抜書きすると、

「神苑のものみなすべて深きしゞまに閉ざされれば、齋《さい》庭のあたりより、胸迫る荘重な警蹕《けいひつ》の聲」（私の尋ねていたのはこの声だったらしい）

「やがて朗々奏す鈴木宮司の祝詞、双手をしかと胸にあて、凝然《ぎょうぜん》瞑《めい》目する遺族のひたむきな祈念のうちに、いま純忠の御魂は齋庭の御羽車へ……」

（ではお羽車とは何だったろう。）

当夜、神社に合祀された新祭神は陸軍関係一万九千二百十六柱《はしら》、海軍関係七百七十六柱《はしら》。新聞の記事同様、若い日の私もまたその悲痛と感動の中にいたのです。

竹内浩三は一九二一（大正十）年五月十二日生まれ。一九四五（昭和二十）年四月九日、公報によれば陸軍上等兵として、比島バギオ北方一〇五二高地にて戦死。

故郷伊勢市に、「骨のうたう」の終章七行を刻んだ、戦死ヤアハレの詩碑が立っていて、その碑銘は書かれ伝えられることで紙碑ともなり、私の心にも刻まれました。こんどこれを書いて、作者が私より一つ歳下だったことを知りました。

四歳上のひとりの姉、松島こうさんの歌

一片のみ骨さへ無ければおくつきに手ずれし学帽ふかく埋めぬ

お辞儀するひと

安西　均

中国残留孤児の第七次訪日団四十五人は、三月三日（昭和六十年）午前十時十分、成田空港から日航機で中国へ戻って行った。それを報道する翌日の朝刊の写真には――

めいめい手を振って別れの
挨拶をする、一行から少し離れ、
床に手荷物の紙バッグを置き、
こちらに向って、深々と
頭を下げてゐる女のひと。
劉桂琴さんといふさうだ。

推定（何と悲しい文字だらう）四十四歳。
前夜、叔父と名乗る人が、空港へ
駆けつけてきたが、別人だった。
記者団の質問に「日本が私の生みの親、
中国が育ての親です」と答へたきり、
深夜、ホテルの自室で、大好きな
ハルビンの民謡を歌ってゐたさうだ。

桂琴さんの写真に添へて「だれにともなく
深く一礼」と説明がある。だれにともなく！
こんなにも美しく、哀しいお辞儀の姿を、
私はかつて見たことがない、ただの一度も。
私も思はず胸のうちで、この姿に
会釈を返す。このひとが戻っていく国の言葉で

〈再見《ツァイチェン》〉と言ひたい気がする。
東京の空までが、春近い気配にうるみ、
じっと雨を耐へてゐる朝だ。

＊＊＊

会釈

暑さがすべり込みで間に合ったような今年の夏、書店の新刊を積み並べた中から江成常夫さんの『シャオハイの満洲』を求めてきました。残留孤児と呼ばれる人々の顔写真と、語りかけてくるその辛酸。終戦間際の八月八日、ソ連参戦を境に満洲開拓民とその子供たちがたどらなければならなかったひとつひとつの人生が、頁毎に奥行を深く、余白をすさまじいものにしています。四八〇円の小さい文庫本が、掌の上で大きなものに感じられました。

年表を見ると一九三三／昭和八年七月政府満洲移民計画大綱発表。それから三年後の昭和十一年七月に百万戸移住計画が決まっています。

当時東京で上演された信州、大日方村集団移民のドラマを見ました。題名、劇団名も忘れましたが、大陸の新天地へ勇んで出発して行く村人たちの決意から実行に到る経緯がテーマだったと思います。村を後にする時、一人の婦人が振り返って「あの山のてっぺんに、あの木が立っていただろうか？」と驚く、そういう意味の科白《せりふ》を残す、それだけを覚えています。日常には見えていて見えないものがある、ということに同感しました。

若かった私は国策というものに疑いを持たず、神国日本の行方も知らず、たぶん少しのおしゃれをして大劇場の客席に坐っていたものとみえます。

それにしても広島に落された原子爆弾の被害状況が公開されたのは敗戦七年後。昭和十二年の南京大虐殺がわかったのは原爆より更に後、沖縄戦最後の詳細もやはりずいぶんおくれて、徐々にでした。情報は本当に発達しているのでしょうか。

残留者のことも、昭和五十六年厚生省による肉親捜しが始まるまで、私は知りませんでした。自分の姓名、生年月日も確かめることが出来ないたくさんの人々が居る、そういう人を生んだ昭和という時代を振り返ります。やがてここから立ち去らなければならない年代に来て。

「お辞儀するひと」を読んで以来、こちらを向いて頭を下げている女のひとを忘れることが出来ません。

読むたび、思うたび、私もまた会釈いたします。熱い心で。

4

漂々と口笛吹いて

中原中也

漂々《へう〱》と　口笛吹いて　地平の邊《べ》
　　歩き廻るは……
一枝の　ポプラを肩に　ゆさゆさと
葉を翻《ひるが》へし　歩き廻るは
褐色《かちいろ》の　海賊帽子　ひよろひよろの
ズボンを穿《は》いて　地平の邊
　　森のこちらを　すれすれに
目立たぬやうに　歩いてゐるのは

あれは　なんだ？　あれは　なんだ？
あれは　單なる呑氣者か？
それともあれは　横著《ママ》者か？
あれは　なんだ？　あれは　なんだ？

地平のあたりを口笛吹いて
ああして呑氣に歩いてゆくのは
ポプラを肩に葉を翻へし
ああして呑氣に歩いてゆくのは
弱げにみえて横著さうで
さりとて別に悪意もないのは

あれはサ　秋サ　たゞなんとなく
おまへの　意欲を　嗤《わら》ひに　来たのサ

あんまり　あんまり　たゞなんとなく
嗤ひに　来たのサ　おまへの　意欲を

嗤ふことさへよしてもいいと
やがてもあいつが思ふ頃には
嗤ふことさへよしてしまへと
やがてもあいつがひきとるときには

冬が来るのサ　冬が　冬が
野分《のわき》の　色の　冬が　来るのサ

＊　＊　＊

秋が歩いてゆく

小学校のクラス会、世話役はいつも同じ顔ぶれにまかせきりで。まかされた人も別に迷惑そうでもなくて。この夏には、六年間受持ちだった先生の墓所がわかったからお参りしましょうと、通知が来ました。池上、本門寺に近い寺に集まったのが男女十六名。

東京・蒲田の繁華街が一望出来る高台に、墓石群は遠くのビル街と対立するかのように建っていました。

そこで久しぶりに会った友のひとりが、帰りの道すがら突然中原中也の詩のことを話しはじめたので驚きました。もっとも誕生日が一日違い、共に少女雑誌に投書していた仲良しです。

「題は忘れたけど、中也の詩。挿絵が加藤まさを、今でも思い出すのよ。とんがり帽子の男がススキを肩にかついでいるの、帽子にはツバが付いていたような気がするけれど。」

「帽子は覚えてないけど、茶系の一色刷りの絵、開いた頁の左側の上の方を、枯枝かついで歩いて行く姿だったヮ〝あれはサ　秋サ　たゞなんとなく　おまへの　意欲を　嗤ひに　来たのサ〟と言うの、大好き。」

私は二人の記憶がぴったり合致したことを、貝合せのようだと思いました。

後日、電話で詩の全文を読み伝えると

「あら、ポプラだったの？　ススキだとばかり思っていたけど。」

担いでいたのが何の枝であっても、詩と、詩に付いていた絵は、そうして少女期の二人の心に歩み込んで今日まで来たことは確かなのでした。毎月いくつかの詩歌が掲載されていたのに、この詩ひとつが中でも鮮明に印象づけられたとしたら、それはいったい何によるのだろうと考えました。

〝漂々と口笛吹いて〟は、中原中也全集六巻（角川書店刊）のうちの二、『未刊詩篇』に収録されていました。巻末の註を見ると、再出誌名と発行年月一九三八年一〇月、までは記録されているものの、初出については「切抜きが保存されているが、誌名、号数不明」となっています。

——それはね、たぶん『少女畫報』という雑誌ですよ。戦争をはさんで二人の読者が、還暦を過ぎるまで忘れずにいたのですから。

秋の虹

乾　直恵

丘の上に
童《こ》らはつどいぬ
童らみなは
こうべをあげてまなこ瞠れり
うちまじり唖の子ひとり
指ざして頻りにもかなしき手をばふりおり
なにあらん天橋《はし》のかなたに
なにあらん雲のかなたに

*　*　*

そのかなたに

詩は言葉のかたちでまるごと覚え込んでしまうのもあれば、表現された内容、状況などが心に残ってしまう場合もあって、「秋の虹」はその後者でした。それもたいそう身勝手な受取り方で。

最初に、いつ何処で読んだのか思い出せません。昭和三十三年に五十六歳で亡くなられた作者を、私はこの詩ひとつで記憶して来ました。記憶というのは覚束ないもので、今度日比谷図書館に行き、あらためてこの詩を尋ね当てたとき、その題名に秋という字があったことも、唖の子の傍らには童《こ》らが居て、まなこを瞠《みは》っていたのも意外でした。私はただ虹を見つけた子がその感動をどう表現してよいかわからない、伝達の方途としての言葉を持てないもどかしさに手を振っている、精一杯の動作に打たれ

なにあらん天橋のかなたに
なにあらん雲のかなたに

という言葉のかなたに詩を感じたのでした。

少年期から喘息に苦しみ、生涯病弱の身で詩を書き続けられたという作者と、頻りに手を振っている子とが、いまは分ちがたく見えてきます。

虹の詩と関係ありませんが、このところ思うことを言葉のかたちにする困難さに立ちどまるばかりです。理由は私の能力不足、習練不足にあるのですが、いったい何に魅せられての所業かと思います。

若い日に一篇の短章を活字にしました。

〝手に持てる何ものもなければ／この身まずしき菊の／花を捧げむ葉を捨てむ／大空に満ちわたる美しき歌声の／そのひとふしを求むれば〟

植物である菊が持ち得ない言語、音声、そのひとふしが欲しい余りに、花も葉も失うまで立ち尽くす。外でもない人間の悲願、無いものねだりを菊になぞらえて書いたつもりの未熟な詩ですが、いまになってみると、自分が枯れぎわの一本の菊にも見えてきます。別に言葉ひとつ求めて生きて来たわけではありませんのに。

十月の詩

井上　靖

はるか南の
珊瑚礁（さんごしょう）の中で
今年二十何番目かの
台風の子供たちが孵化（ふか）しています
やがて彼等は
石灰質の砲身から
北に向って発射されるでしょう

そのころ

日本列島はおおむね月明です
刻一刻秋は深まり
どこかで
謙譲という文字を
少年が書いています

＊＊＊

孵化

南の海上に台風発生、という気象情報を聞くとすぐに、あ、また生まれた、とつぶやくのは、この詩を読んだ後の日の習性です。

昭和三十年十月新聞に発表されたとき、作者によって発射された詩は、私の中に撃ち込まれてしまったのでしょう。そのとき通過した感性の弾道は、珊瑚礁と日本列島を結ぶ距離に等しく、読む者をはるかな思いへと誘い出してくれます。

砲身などという言葉には軍隊が結び付いてきて、つい横を向きたくなるのですが、読後一過私の心にもたらされたのは、悪意のない破壊と、おみやげの爽涼でした。

自然の力の前には武器という言葉で立ち向かう構えはなくて、人は息を呑んで進路を見まもるばかりです。その発生源が、孵化する小さないのち、として捕えられている、まるで愛らしいもののように。

心の領域が広がったような気がしましたが、広くなったその分、自分の存在がいよいよ小さく見えてきました。

台風の射程に置かれた列島の秋と月明。「謙譲」という文字を、今も書き続けているのは作者です。

詩集『北国』に収録された「十月の詩」は、散文詩のかたちに調えられていますが、初出の姿をもいちど活字にさせてもらいました。詩集のあとがきの中に

> 中学の二年の時だつたと思ふ。
>
> 秋。どこかで石英のぶつかる音がしてゐる。
>
> 私はその友達（註・詩を書く）からそんな短い一行の詩を見せられ、ひどく感心した。この詩を見たことが、私の詩との結びつきであつた。——中略——現在でも、秋になつて澄み渡つた青い空を見ると、「石英のぶつかる音がしてゐる」といふ言葉を思ひ出す。

と書かれていて、そんな風によみがえり、たちかえる詩の言葉とはいったい何だろう。そうでない言葉と、どう違うのだろうと考えました。「詩は生むものだよ、こしらえるものではないよ」詩の先達が私に、繰り返し言われたことを思い出します。

夕焼け

吉野　弘

いつものことだが
電車は満員だった。
そして
いつものことだが
若者と娘が腰をおろし
としよりが立っていた。
うつむいていた娘が立って
としよりに席をゆずった。
そそくさととしよりが坐った。
礼も言わずにとしよりは次の駅で降りた。

娘は坐った。
別のとしよりが娘の前に
横あいから押されてきた。
娘はうつむいた。
しかし
又立って
席を
そのとしよりにゆずった。
としよりは次の駅で礼を言って降りた。
娘は坐った。
二度あることは　と言う通り
別のとしよりが娘の前に
押し出された。
可哀想に

娘はうつむいて
そして今度は席を立たなかった。
次の駅も
次の駅も
下唇をギュッと噛んで
身体をこわばらせて——。
僕は電車を降りた。
固くなってうつむいて
娘はどこまで行ったろう。
やさしい心の持主は
いつでもどこでも
われにもあらず受難者となる。
何故って
やさしい心の持主は

他人のつらさを自分のつらさのように
感じるから。
やさしい心に責められながら
娘はどこまでゆけるだろう。
下唇を噛んで
つらい気持で
美しい夕焼けも見ないで。

＊＊＊

座席ひとつ

電車に乗っていて、席の譲り合い風景に出会うと、私は「夕焼け」の詩を思い浮かべます。

人の心遣い、思惑はいろいろで、座席ひとつをめぐっても、そこに小さなドラマが発生いたします。さしあたり車輌は走る箱型小劇場、限られた時間と空間の中で展開する場面、途中の着駅ごとに登場、退場してゆく人物。時には喧嘩もラブシーンも繰りひろげられて。互いに見たり見られたりの舞台でもあります。切符を買わなければなりません。夕焼けにおける配役は、三人の老人とひとりの娘、その他大勢。ここではあまり良い役割を演じていない年寄たちを、私は娘の立場、娘の目で見つめてきました。ある日、気が付いたら、詩の中の娘はいつまでも若く、私はすっかり年をとっていました。

　ゆうべも混んだ夜の電車に、押されるように乗り込んで、釣り革のある所までは行けずに立っていると、少し離れた所から若い女性がちら、と私を見て一拍、間をおいてまたこちらを振り向きます。ハテどこかで会ったことのある人か、と目を浮かせていると「あのう、こちらに席が」──空いていますよという、シルバーシートへの案内。人をわけてそこまで行くのをためらい「私は結構です、どうも有難う」と挨拶を送りましたが、以上パントマイム。

うっかりすると私は、娘をつらくさせる老人を演じかねない立場に来ているのでした。

ごめんなさい吉野さん。美しい夕焼けを下手なドラマ仕立てにして。

やさしい心の持主は／いつでもどこでも／われにもあらず受難者となる。がこの詩の主調音で、娘は作者の化身。どこまでゆけるだろうと案じるせつなさは、やさしくない私の胸にも届いております。

ジーンズ

高橋順子

ジーンズを洗って干した
遊びが好きな物っていいな
主《ぬし》なんか放っといて歩いていってしまいそう
元気をおだしってジーンズのお尻が言ってるよ
このジーンズは
川のほとりに立っていたこともあるし
明けがたの石段に坐っていたこともある
瑠璃色が好きなジーンズだ
だから乾いたら
また遊びにつれてってくれるさ

あいつが　じゃなくて
ジーンズがさ
海にだって　大草原にだって
きっと

＊＊＊

せんたく

さっぱりとした最初の一行「ジーンズを洗って干した」。

洗濯をしたのはたしかにジーンズだけれど、それを着て遊んだ日のことも、いっしょに水を通して。

竿にさした記憶は、でもまだ生乾きです。

街で見かける、ジーンズを着た若者たちの腰は、ピチッと張って中味がはちきれそう。本人には見えていない、健康な後姿です。

そんな生きのよさで、もし自分のお尻が「元気をおだし」とうしろから声をかけてきたら、沈んだこころもはずむでしょうか。

コミカルな表現が、陽気に仕立てているけれど、上半身を見せないこの詩の主体は、やはりかなしみ。

洗濯物がすっかり乾くころ、どうやら顔も晴れるころ、また遊びにつれてってくれるのは、あいつじゃなくてジーンズ。人を待つのはよそうね。

女性のかなしみ方もジメジメしなくなった、と思いました。しなくなりたいと思いました。

去年発行された高橋さんの詩集『幸福な葉っぱ』は、一本の木に言の葉が静かにそよぐ風情でしたが、「ジーンズ」はその中の一篇。

悲しみ
のようなものの

かたちを記そうとすると
それはおもむろにすがたをととのえてくる
風のない日の　波のように

という書き出しの「海」をみると、そのあとで読む「ジーンズ」も、さしずめ悲しみのようなもののかたちが、デニムパンツのすがたをととのえた、といえそうです。

おならは　えらい

まど・みちお

おならは　えらい
でてきた　とき
きちんと
あいさつ　する
こんにちは　でもあり
さようなら　でもある
あいさつを…

せかいじゅうの
どこの だれにでも
わかる ことばで…

えらい
まったく えらい

＊　＊　＊

花百匁

一読して、ほんとにえらい、と思いました。何がえらいのか、たぶん作者です。

世間という表通りのようなところから、ひたかくしにされているものを、天下晴れた存在に高めてしまう。

まどさんだから、まどさんの言葉の力でなければ、こうは出来ないと思うような動かし方で、人の心をちょっとうごかしてくれる。すると物事の視野が大きく変わる、別の角度に開ける。

最初に読み終えて、えらいと納得した、ほとんど同時に心に浮かんだのが、今は昔、村人の寄り合いの席でおならを落した若い女房が、自分の粗相を責めて自殺したという話でした。

その恥じらい、死に追い込む世間体のようなものから救出する方途はどこにもないのだろうか。天の岩戸の前で踊ったアメノウズメノミコトを囃す神々の哄笑、とまではいかないまでも。

そういえば——と、私自身ひとつのことを思い出しました。

十五、六歳のころ、少女雑誌の愛読者集会によく出席しました。投書欄があって、その常連でした。集まりには当時著名な先生方が何人か出席して、少女たちの相手をして下さる。その席上、佐藤義美という先生にお目にかかり、持っていた単行本の扉にサインをお願いすると、なにを思われてか〝ミスひとり　ホスゲン一発　花百匁〟と書いて下さいました。

有難くいただいたものの、さあ、そのホスゲンが何だかわからない。翌日、働いていた職場の若い男性四、五人いる所へ行って「これどういう意味？」と尋ねました。私はただ大笑いされただけで、答えてもらうことが出来ませんでした。

まだお下げ髪で、着物には肩上げも付いていた遠い昨日。それを知ったあとの赤面は、花百匁どころではありませんでした。

猫

山之口貘

蹴つ飛ばされて
宙に舞ひ上り
人を越え
梢を越え
月をも越えて
神の座にまで届いても
落つこちるといふことのない身軽な獣
高さの限りを根から無視してしまひ
地上に降り立ちこの四つ肢で歩くんだ。

＊＊＊

野良

こういう詩に説明を加えることが私には不得手です。それで自分勝手な猫の話をします。

私の住むアパートの横の道を、川沿いに少し行くと、私鉄の小さな鉄橋が架かっています。電車は線路土手の上を走って橋を渡ります。土手に沿った道もあります。

問題は町の中の貴重な自然、雑草の土手にあるのですが、いつからかここが野良猫の集合所になりました。昼はさほど見かけませんが陽が落ちるころになると、あちらこちら姿をあらわします。草むらから走り出たり、留めてある自動車の下で互いに呼び合ったりしています。

子供の時、家でアメリカという名の猫を長く飼っていて、私は抱いて寝ましたので、猫が好きです。土手の脇を通るとき、立ち止まって声をかけたり、こごんで頭をなでたりしてしまいます。

　そうするうち、夕食時になるときまってエサを与えにくる、二十代後半ぐらいの女性二人連れと顔見知りになりました。その人たちはパックに入れてきた猫用の食料を、土手のへりに置きます。お魚のハラワタのようなものだったり、調理済みらしい食品だったりします。親切にも手づかみで、食べやすいようにひろげてやったりしています。私がネコなら、もう少し小ギレイなものが食べたい、と注文のひとつも付けたくなるようなのもありました。

　二人のエサ運びは日を追ってエスカレートし、汚れたショッピングカートを引いて来るようになりました。「大変ですね」と言うと、「ええ、二つ先の駅前ストアで手に入れてくるんです」と教えてくれました。

　そのうち猫の数も次第に増え、エサ場は土手下の公園に移動し、植込みをのぞくと常時十四位は眼を光らせています。子も生まれました。猫がそこに定住しはじめたらしいと知った時、私は嘆息し、ひとりつぶやきました。野良だ！　あの女性二人も、私も。家庭というものを失った人間の愛のほうが、今は野良になったのだ、と。

猫は山之口貘さんの詩の通りの獣で、蹴っ飛ばされて宙に舞い上がり、神の座まで届きながら、地上に降り立ち、光る目で私の方をにらんでいるのだと思います。

夜明けに

吉原幸子

こんなしらじら明けが
いつかもきたとき

わたしには父があった
わたしには母があった
小さなわたしは　ふたりの間を
あるいてゐた

眠ってゐる街のまんなかを
アスファルトに　高くひびいた

父の　登山用の　ステッキの音

小さなわたしは
小さなリュックサックをしょって

さうして　こんなしらじら明けの
今日
眠ってゐる街のまんなかで
見えないリュックサックをしょって

わたしには　父もない　母もない
小さなおまへ
おまへにも　父もない　母もない

＊＊＊

リュックを背に

吉原さんの最初の詩集『幼年連禱』の中には、我が子に呼びかけた一連の詩があって、「あたらしいいのちに」のはじめの四行は

おまへにあげよう
ゆるしておくれ　こんなに痛いいのちを
それでも　おまへにあげたい
いのちの　すばらしい痛さを

母が子に先ずゆるしを乞い、プレゼントしたのは痛み。それこそ、いのちの素晴らしさだと言い切って。

同じ詩集で「夜明けに」を読んだときから、小さなリュックサックを

しょって立っている、幼女のイメージが鮮明でした。

荷を負わせるにはまだ無理なのを承知で、両親はそれが儀式であるかのように、型通り大人と同じような旅立ちの仕度を、子供のために調えました。そして出発、街はまだ眠っていて、何事も起きてこない、つまりは人生のしらじら明け。

父親の手にしたステッキの音が、アスファルトに高くひびいた、と作者は回想する。登山用という言葉が、平坦ではないその先の行程を暗示します。

幼女は歩み続け、年をかさね、そうして今日、いつかと同じようなしらじら明けに立っている。街は眠っているけれど、何が起きてくるかわからないことを予測する。背には見えなくても、大人用のリュックサックをしょっている。荷が重い、とは書いてないけれど。

この詩に集結した言葉、作者の心がどこにそそぎ込むかといえば、みんな〝小さなおまへ〟のところ。あわれでならない、いとしくてならない、その切ない情愛が、思い余ってつき放す終りの三行。

父と母が、いったい何をしてやれるのだろう。両脇にぴったりついていたのは遠い日、出発点での一度だけ。いのちはあそこでひとり立ちした、どんなに小さくてもひとりなのですよ、と子にも自分にも言いきかせる。

鹿

村野四郎

鹿は　森のはずれの
夕日の中に　じっと立っていた
彼は知っていた
小さい額が狙《ねら》われているのを
けれども　彼に
どうすることが出来ただろう
彼は　すんなり立って
村の方を見ていた
生きる時間が黄金のように光る
彼の棲家《すみか》である

大きい森の夜を背景にして

* * *

森のはずれ

　奈良公園で鹿の角切りがはじまりました、と電波が告げる秋のたより。詩に俳句のような季語はないけれど、秋風がめくる詩の頁もあります。この詩とめぐり会ったのは三十年ぐらい前のことです。そのとき鹿は遠くに見えていました。何者かに自分の額が狙われているのを承知で、すんなり立っている姿、細い四肢。森も夕日も、遥かな光景として目に映りました。

　以来、詩と私との距離は変りませんでした。年をとって気が付いたら、思いがけない近さに鹿が立っていました。いのちの春も夏も終っていたのでしょうか。

詩や文章が、読んだときの年齢によって受け取り方も変ってくる、と言われますが。最初に読んだ日から歳月を経て、私は森のはずれに辿り着いたものとみえます。

近寄って背にした森は前より大きく、深い夜を抱えこんでいました。人生の夕日、残り少なくなった時間。詩はそこまで表現していないのに、私は自分勝手に、死の射程に立つ一匹の獣を傍に感じ、煩瑣な日常からちょっと飛び退いて「鹿のように」と呪文を唱えます。あきらめとも、覚悟とも違う、心の姿勢のようなものが欲しくて。

会えば先生と呼んでいた、なつかしい作者の年譜を繰っていたら、「鹿」を収録した詩集『亡羊記』の発行が昭和三十四年、五十八歳。それより二十年さかのぼる昭和十四年発行の『体操詩集』には「鉄棒」「棒高飛」「槍投」といった題名の詩が、体操する男たちの写真と組合せになっていて、大判の体裁と共に、斬新な内容だったのを思い出しました。

鹿の肢体、人間の肢体、静と動の違いはあっても、均整のとれた美しさをえがくことで共通したものを感じ、年齢によっては変らない作者の視点を、ひとつ見つけたと思いました。

猿蟹合戦

大木 実

柿の木のしたに　弟はいる
柿の木を仰ぎ
「早くおくれよ」と
繰返しながら

柿の木の枝に　兄はいる
兄は柿の実を食べている
ふところに
赤い柿の実がのぞいている

「早くおくれよ」
その声は泣き声になる
「ほうれ　やるぞ」
兄はひとつを投げてやる
嬉しそうに駈けだしたそのときの弟の姿よ
そして拾いとり兄を仰いだそのときの悲しい眼よ
――弟よ
いちばん小さい　いちばん色のわるい実を投げた
私は猿蟹合戦の猿のように賢く意地悪い兄であった

＊　＊　＊

木守り

幼い日、力の上で優位な立場にある兄が、弟にしたつれない仕打ち。それは日本の昔ばなし猿蟹合戦の、ひとつの場面にそっくり。柿の木に登った猿が、自分は赤い実をほしいまま食べ、木に登れないから落して下さいと頼んだ蟹には、青い実を投げつけて殺してしまう。もとはと言えば蟹が種から育てた柿の木、オハナシは蟹の子の仇討ちに進展しますが。

詩に登場する兄は復讐談と関係なく成長したとしても、期待を裏切られた日の弟の眼は、自分を見続けてやみません。

たまらないナと思います。私が悪い長姉だったから、干支が申年生まれの姉だから、寓話に名を借りたこの詩がわがこと、今はない弟妹への思いと重なり、余計身につまされるのかもしれません。

「猿蟹合戦」は昭和二十一年発行の詩集『初雪』所載。次の詩はそれから四半世紀後、昭和四十六年に発行された詩集『冬の仕度』の中にありました。

樹のしたで

樹はたっている／ここにこうして／子供たちの生まれる前から／樹はみてきた／夏は涼しい蔭をひろげ／本を読んだり遊んだりした子供たちを／樹は知っている／ひとりの子供が泣いたことを／ひとりの子供が怒ったことを／樹よ／樹よ／遠い日の涼しい風よ／あのとき怒った子供は僕だ／あのとき泣いた弟はもう帰らない

終りの一行は猿蟹合戦の終章に呼応して、生と死の橋渡しをしているようだと思いました。

　前の詩の中では生きていた人が、後の詩ではもういない。その間を流れる二十五年の歳月。ここに来て賢く意地悪い猿の悔い、深い悲しみが私の心に根を下ろしました。

大木実さんの長い詩業を振り返るとき、枝の先の赤い木守りのように、心にとまる猿蟹合戦です。

汽船

田中冬二

鍛冶屋《かじや》の鞴《ふいご》の火が怖しかつた
大工の鑿《のみ》がめずらしくて手を触れて傷をした
前髪の長い女の子を美しいと思つた
越中へ汽船で帰る祖父と祖母を
土崎の港に父と母と共に見送りした
廻船問屋で休んだが　別れを惜しみ
祖父も祖母も父も母も皆よりかたまつていた
祖父が私の掌に一枚の銀貨を握らせた
父はそれをみると　祖父に何か言つて私に
辞退させた

祖父も父も涙ぐんでいた
六十有余年の歳月は経つた
北海の波の音と松籟《しょうらい》をきくふるさとの塋域《えいいき》に
しずかに眠る　祖父よ　祖母よ　父よ　母よ
——私も老いました

＊＊＊

遠い港

汽船という名称に郷愁を感じます。
土崎の港はどこにあるのかと地図をひらき、秋田市の雄物川が日本海にそそぐ、河口の辺りにみつけました。

越中、富山県へ帰って行く祖父母は、船便を利用したのでしょう。富山は父親の出身地、秋田は赴任地。

明治三十四（一九〇一）年七歳で冬二さんは父親と死別しているので、この詩の場面に据えた作者の視点を、ぐっと背丈の低いものにしています。

銀貨は五十銭玉だったでしょうか。幼児には過分のお小遣いであるのと同時に、年寄の財布にとっても負担を感じさせる金額だったと思われます。

小さい掌にのせられた銀貨を、そっと祖父に返す孫。船を待つ間、廻船問屋で別れを惜しむひとかたまりの親族。船は沿岸伝いの港を往来する、当時一番便利な交通路だったに違いありません。

私の父母の出身地伊豆も、戦前は汽船が主要な交通手段でした。人間の移動は暮らしに深く根ざしていて必要最少限、遊ぶという要素に乏しい旅でした。

観光の波がよせる最近の港には、縁《えにし》浅く通過して行く人のみ多くて、「さようなら」という切ない言葉が聞かれなくなりました。

作者が六十年以上経って振り返るひとつの場面、ありありと光る涙。

私がこの詩に出会い、立ち止まったのはつい最近、最後の一行が私自身の思いと分ちがたく迫ってきた時でした。

秋の夜の会話

草野心平

さむいね。
ああさむいね。
虫がないてるね。
ああ虫がないてるね。
もうすぐ土の中だね。
土の中はいやだね。
痩せたね。
君もずゐぶん痩せたね。
どこがこんなに切ないんだらうね。
腹だらうかね。

腹とつたら死ぬだらうね。
死にたくはないね。
さむいね。
ああ虫がないてるね。

＊＊＊

ことばの住処《すみか》

ふだんなにげなく「寒いね」とつぶやく、まったくのひとりごと。するときまって「ああさむいね」という受け答えが返ってくる。私は足もとの方に目を落す、ちいさな心の草むら。その辺りにいつからかこの詩が生息して、秋になると虫の音までがこの辺りから聞こえてきます。

どうやら私は「寒いね」という言葉を、蛙語で覚えてしまったらしい。だからこの言葉を口にすると、蛙が返事をしてくれる。「秋の夜の会話」は、昭和三年発行の詩集『第百階級』に収録された、蛙の詩四十五篇の中のひとつ。

名刺を刷るような小さな機械で、知り合いの詩人が素人印刷して百部こしらえた、という話をきけば、資金さえあれば立派な体裁の本が出来る、現在の自費出版事情がかえりみられます。草野さんのはお金も調わない、自費以前の情熱出版だったらしい。それが今なお読みつがれて。

この詩を私は擬人法というのでもない、心平さんという名の蛙がうたった詩、と思っています。

腹の底までしみ透るかなしみ「けれど腹とったら死ぬだろうね」と蛙がつぶやけば、こんどは私が「死にたくはないね」と答えています。

その切なさこそいのちと不可分なものならば、痩せても枯れても、腹を抱えて生きるよりほか仕方がない。

そうなんですね？　蛙さん、私も両手両足ふんばって東京の片隅、呑川という川のほとりに住んでいます。

5

遊び

岸田衿子

ゆきの日に　ゆきの中で
そりに乗ったときには
お日さまが出ていたのかどうか
お日さまがかくれていたのかどうか
兎がとび出してきたかどうか
麓のほうまで道はのびていたか
道は先のほうでまがりくねっていたか
すべてはなぞに包まれている
山の上に　なにか
きらきら手をふるものがあった

それをたしかめるすべもなく

＊
＊
＊

手をふるもの

働きながら小さな詩を書いてきて、そのことを趣味などと呼ばれた時に感じた抵抗、またはひそかな反発。

趣味なんかじゃない、遊びでもない、もっとせっぱ詰まった希求、と思い込んできた長い月日。若かったのだな、と思います。

いまとなってみれば、国や家や職場といった周囲の状況に支配されながらも、精一杯生きてきた、ささやかながらしたいことだけは確実にして来たのだ、あれが遊びでなくて何であろう、と思います。つまりは夢中、遊びという言葉がぴったり当てはまってきます。

大げさな話ですね、こんなことを言っている者に、岸田さんのような詩は書けません。

　理屈も感想も道端に置いて、読者は言葉のそりに乗せてもらい、作者と一緒にゆきの日の雪の中をすべってゆきます。あっという間の短さ、あっという間の長さ。

　喜びだったのか、何だったのか、お天気はどうだったのか、どこをどう通りすぎ、どこへ行こうとしたのか。

　　すべてはなぞに包まれている
　　山の上に　なにか
　　きらきら手をふるものがあった

　余計なことですが、ここで終らせても詩は完結できる。「それをたしかめるすべもなく」の一行によって、更にその先までもそりに乗せられて行く、充分に遊ばせてもらう、詩のたのしさ。きらきら手をふるものは、人によってずいぶん違う姿かたちをしているのでしょう。あるいは似たようなものかもわかりませんが。

声

会田綱雄

忍《しの》び音《ね》というのは
　　オクターブは低くても声になる
　　　　けれどね
本音《ほんね》というのは
　　オクターブを上げても下げても
なかなか声にならないものだな

* * *

歌う

今年のはじめ、画廊が主催する詩展を銀座の百貨店に見に行きました。展覧会のテーマが「声」。七十人近い詩人の参加があって、造形方法は絵・写真・木版など多彩で、会田さんの出品は「書」でした。額縁の中の短い詩は無音なのに、たちまち声となって私の耳に住みついてしまいました。

そこで気が付いたのは、詩の中にはそれぞれに音色の違う鳥が住んでいるらしいこと。かりにも会田さんの詩には鳥がいるナということでした。

時折、気持の小枝で〝忍び音というのは……〟とやりはじめるので、私は笑い出してしまいます。この笑いも声にはなりませんが。

言葉の森に住む生きものの、もうひとつの別の音階。

先年、外国の方に通訳つきで尋ねられたことがありました。長い間あなたはなぜ詩を書いて来たのか、その理由は?、と。

首をひねって答えました。私にとってはごく自然な行為だったこと、下手の横好き、馬鹿のひとつ覚え——答えながら、その先の考えをたどりました。

ずいぶん気ままな歳のとり方をして来たけれど、学問や自己主張が女の美徳にはならなかった時代に成人して、戦後もまだまだ尾を引く学歴社会で命じられるままに働き、心が存分に手足をのばす場、自分をほんとうに生かす場、は乏しかったと。

「私は自分の言葉が欲しかったのだろうと思います。これだけは言いたい、これを言うからにはどんな目に会ってもいいと。たぶん、そういうことだったんです。」

では日常、たとえば「あの人は大嫌い」という本音を、原稿用紙にそのまま書けば詩になるかというと、そうもいかないのが面倒なところです。

風よ静かにかの岸へ

島崎藤村

風よ静かに彼《か》の岸へ
こひしき人を吹き送れ
海を越え行く旅人の
群《むれ》にぞ君はまじりたる

八重の汐路をかき分けて
行くは僅に舟一葉
底白波《しらなみ》の上なれば
君安かれと祈るかな

海とはいへどひねもすは
皐月《さつき》の野邊と眺め見よ
波とはいへど夜もすがら
緑の草と思ひ寝よ

もし海怒り狂ひなば
われ是岸《このきし》に仆れ伏し
いと〳〵深き歎息《ためいき》に
其嵐をぞなだむべき

楽しき初《はじめ》憶《おも》ふ毎
哀《かな》しき終《をはり》堪へがたし
ふたゝびみたびめぐり逢ふ
天《あま》つ恵みはありやなしや

あゝ緑葉の嘆《なげき》をぞ
今は海にも思ひ知る
破れて胸は紅き血の
流るゝがごと滴るがごと

＊＊＊

架け橋

「これはね、恋人を北海道へ送ったときのうただよ」

小人数の集会の折、詩の先達がつぶやきました。事実か想像かわかりません。五十年も前の話です。

年譜をみると、明治女学校教師だった藤村が愛した教え子は、明治二十八年に札幌で亡くなっていますから、この詩はその佐藤輔子さんの旅路に向けられたものであろうと、私は勝手に思い込んでいます。

遂に、新しき詩歌の時は来りぬ。と烽火のような言葉を掲げた藤村の詩集を、暗誦、愛誦したのは私の一世代前の人達でしょうか。「おえふ」「おきぬ」「おさよ」などという題名の詩群は、詩史を学ぶといった感じの読み方しか出来なくて、もひとつなじみ難いものでしたが。

母たちの血に根を下した言葉のリズム感は、どうやら私の中にも芽を出して、旅立つ人を送るとき、偲ぶとき、ごく自然に浮かぶのが

風よ静かに彼《か》の岸へ
こひしき人を吹き送れ

の詩句でした。対岸の遥けさ、互の間を遠ざける八重の汐路を前に、少しでも安らかな旅をと願う、祈りの架け橋。恋人へのひたすらな思いが私の胸にも時には激しく、時にはゆったりと寄せ返します。

昨年十二月はじめ、岡山に行く機会があって瀬戸大橋を眼下に見る児島の、出来て間もないホテルに一泊しました。

電光が木琴を叩くように明滅し続ける、完成まぢかの新しい橋を眺めながら、一度だけ乗った宇高連絡船のことを思い出していました。わずか一時間ほどの船旅に見た、底深い海の色を。舟一葉にゆだねた命の危うさ。

人間の足が立たない領域に橋を渡す、四国と本州を結ぶ長い夢が、長いことかかって造った長い橋。開通の朝、橋の下の住民をたたき起こしたという轟音は、明日へのどんな幕開きを告げたのでしょう。

私たちはなぜか先を急ぎ、突っ走っているもののようです。速度を増した分だけ、距離も面積も情緒も、縮み上がってしまうのではないかと不安です。困ったことに歳のとり方も、ここにきてバカに早いのです。

あなたはだんだんきれいになる

高村光太郎

をんなが附属品をだんだん棄てると
どうしてこんなにきれいになるのか。
年で洗はれたあなたのからだは
無辺際を飛ぶ天の金属。
見えも外聞もてんで歯のたたない
中身ばかりの清冽《せいれつ》な生きものが
生きて動いてさつさつと意慾する。
をんながをんなを取りもどすのは
かうした世紀の修業によるのか。
あなたが黙つて立つてゐると

まことに神の造りしものだ。
時時内心おどろくほど
あなたはだんだんきれいになる。

＊＊＊

鏡

詩集『智恵子抄』の中で、この詩の輪郭がことに鮮明なのは、私にとって実用的なせいかもわかりません。美しい愛の詩を実用的だなんて、そんな荒っぽい感性で受けとめるの？　と誰かに笑われそうです。〝附属品をだんだん棄てると／どうしてこんなにきれいになるのか〟という言葉が、暮らしの中で鏡のように光るから、折にふれこちら側を写して見ます。

女の附属品は、単純にアクセサリーと考えればよいのでしょうか。私には捨てるほどの装飾品を持ち合わせる余裕もなかったし、第一似合わない。それでも体裁にこだわる、みにくい自分を包みかくしたいという心の装身具は、若い時からたくさん付けてきたと思います。

戦後経済力と一緒に、ファッション感覚も高度になり、女性は智恵子さんとは逆の方法で、やはりきれいになりました。

だいぶ前の話になりますが、デパートが春の売り出しに使ったキャッチフレーズ、その中に「蝶になれ」という、女性向けのひとことがありました。ちょうど買物に行き、昇りのエスカレーターに乗っていた私は、行く手に掲げられたフレーズを読み、なるほど、いま私は毛虫なのだと思いました。足下の自動階段はモゾモゾ動いていましたし。

そのころ別のデパートでは、たしか「まぶしい人になれ」という宣伝文句を使っていました。最近は客に向って何になれ、などとは言わなくなりましたが。

どこかで誰かが〝おんなが附属品をだんだん増やすと／どうしてそん

なにきれいになるのか〟と、やさしく語りかけていなければいいと思います。

中身ばかりの清冽な生きもの、としては生息条件のわるい時の流れ。年で洗われて、更にきれいになることの至難。

焔について

永瀬清子

焔よ
足音のないきらびやかな踊りよ
心ままなる命の噴出よ
お前は千百の舌をもつて私に語る、
暁け方のまつくらな世帯場で――。

年毎に落葉してしまふ樹のやうに
一日のうちにすつかり心も身体もちびてしまふ私は
その時あたらしい千百の芽の燃えはじめるのを感じる。
その時私は自分の生の濁らぬ源流をみつめる。

その時いつも黄金色《きんいろ》の詩がはばたいて私の中へ降りてくるのを
感じる。

焔よ
火の鬣《たてがみ》よ
お前のきらめき、お前の歌
お前は滝のやうだ
お前は珠玉のやうだ。
お前は束の間の私だ。

でもその時はすぐ過ぎる
ほんの十分間。
なぜなら私は去らねばならない
まだ星のかがやいてゐる戸の外へ水を汲みに。

そしてもう野菜をきざまねばならない。
一日を落葉のはうへいそがねばならない。
焔よ
その眼にみえぬ鉄床《かなとこ》の上に私を打ちかがやかすものよ
わが時の間の夢殿よ。

＊＊＊

きのうの朝

明け方の台所、まだ家族は眠っている。女がひとり起き出して、かまどの闇に火を付ける。薪が燃えはじめ、勢いを増す。ここは法隆寺の金堂ならぬ、くらしの中の夢殿、その奥に焔の姿して立ち上がるいのち、自分の像を見届ける。

この熱い詩をたちまち冷気にさらす、次の一行が私は好きです。
〝まだ星のかがやいてゐる戸の外へ水を汲みに〟たずさえた手桶の重みまで伝わるような。

　かまどの方はもう、薪を足さなくてもご飯の炊きあがる火加減なのでしょう、次の仕事が待っています。

　ついこの間までの日本の家庭、ことに村落ではほとんどの主婦が、このようにして朝を迎えました。千百の芽があたらしく燃え出たと思ったのも束の間、あとは落葉のほうへ急ぐだけ、心も身体もちびてしまうばかりの一日がはじまります。その日暮れに至る道のり、精一杯の働きが、作者を夢殿にみちびくのでしょうか。

　ガスや電気、水道が普及した現在、このように生き生きとした火のかたち、湧く水の清冽を目にする機会を失ってしまいました。どちらの生活を選ぶか、といえばもちろん便利な後者なのですが。

　この詩が戦後のものなら、永瀬さんには昭和十五年発行の『諸国の天女』という詩集があって、当時愛読しました。中の一篇「イトハルカナ

ル海ノゴトク」に

雪フリキタリテ消ユルココロニ
過ギユクモノ我ニ溶ケヨ
我ハヲミナノ涙モテナベテノコトヲ記憶ス

去リシモノハ去リシナラズ
注ギシモノハ永久《トワ》ニアリ

という五行があって、何遍となく口ずさんできました。戦中戦後のさまざまなこと、その是非は措いて、我ハヲミナノナミダモテ、ナベテノコトヲ記憶したいと思っています。

朝のいのり

山本沖子

紺色の制服を着て、カバンをさげ、中学校へ行こうとする娘に、私はかたりかける。


いってらっしゃい、気をつけてね。

赤ちゃんだったあなたを抱いて、ママは待っていますよ。

今朝は雪が降っているから、赤ちゃんを暖かくくるんで、窓から雪を見せてあげましょう。

赤ちゃんは風邪をひきませんよ。

だから、あなたもケガをしないでね。

ママはあなたを、だいじに抱っこして、待っていますよ。

ほら、赤ちゃんのあなたが、今日のあなたに、バイバイをしていますよ。
いってらっしゃい、気をつけてね。

＊＊＊

抱く

この詩が私に手渡してくれたのは、赤ちゃんの重みでした。秤にかけて何キロとわかるようなものではなく、はかり知れないいのちの手ごたえ、情愛のかたち。

書き出しの部分「中学校へ行こうとする娘に、私はかたりかける」と言いながら、読者に語りかけてしまう。うまいナ、と思いますが作者にたくらみはなく、これはたぶんありのまま。

次に一行の空欄を置いただけで、いきなり詩の世界に引き入れる力は、たぶん長い習練。

「いってらっしゃい、気をつけてね。」

どれだけ大勢の母親が、学校へ行く子に語りかけた言葉でしょう。でも「赤ちゃんだったあなたを抱いて、ママは待っていますよ」と言ったのは、山本沖子さんがはじめてではないかと思います。

赤ちゃんだったときから、私はずっとあなたを大事に抱き続けてきました。今朝は雪が降っていてとても寒いけれど、風邪などひかせたりしません。だからあなたもケガなどしないで、と祈る。題名の深さ。お母さんの前には成長した現在の姿だけではなくて、生まれてこのかたの娘の全部、過去も未来さえもひっくるめて、立っているもののようです。

でも赤ちゃんのあなたは、今日のあなたにバイバイしているという。ここにきて抱いているのが紺の制服を着た中学生とは別、ということがはっきりします。

誕生のそのときから、子は既に母親から出発していたのだと気が付きます。抱かれているのは作者自身の心だったのかと。

いくつになっても、という言葉がよみがえってきました。母はそうして自分の思いを抱き続け、子と別れ続けて生きるのでしょうか。戸口のような所に、母の座が見えてくるような。そんな感じ方で私はこの詩を腕の中で、もう何年か記憶してきました。

悲しみの数

滝口雅子

心臓より大きく
手足より小さなかなしみ
かなしみから生れる悲しみ
かなしみの親の親
かなしみの子の子
やわらかな悲しみ　固いかなしみ
浜木綿《はまゆう》の種子のかなしみ
ナナカマドの花のかなしみ
まひるの悲しみ　時間のかなしみ
ひね生姜のかなしみ

小肥りの熊のかなしみ
ひびわれた白壁の街
たけりたつ秋の牡鹿のかなしみ
陳列館に眠る軍服
原生林に埋めた梅ぼし
私の名　あなたの名前
雲母のようにはがれおちる記憶
唐がらしのあかあかと
雲のない空の　青い喪のかなしみ
爪がはがれるかなしみ
ふりこめる雨の音
乾いた桐の実のからからと
鳴るかなしみ
いろいろなかなしみ

かなしみの数
ゴマの実よりこまかく
太陽よりでっかい悲しみ

＊＊＊

窓

新幹線で東京から西へ向かうとき、五分もたたないころ、たくさんなビルに混じって右手遠くにあらわれる、ひときわ堂々とした高層の建物。あれは何だろう、会社でもホテルでもないような。最上階の窓に光る一列の装飾灯は、宴会場を思わせました。それが病院とわかったのは、弟が入院する少し前でした。

昨年の晩秋以来、ほとんど日参したところ。十二階の病室からは一八〇度展開する街の眺め、東京タワー、羽田空港を発った飛行機、晴れていれば富士山を見ることも出来ました。十七階のレストランで弟とお茶を飲んだり、見舞客を案内して食事をしたのも度々でした。「良く見えるでしょう」などと言いながら。

そんな折、眼下の家屋、マンション、ビルディング等の窓、無数の黒い点々は、なぜか滝口さんの詩を思い出させました。

何年も前に読んだときは終行の「太陽よりでっかい悲しみ」という表現の方に心の比重が傾き、人間の壮大な情感、いのちを感じたのですが。病む人、看取る人いっぱいの病院の中にいて、地を埋めつくした建物のあまりにも細々とした光景を眺めていると、ゴマの実よりこまかな悲しみではちきれそうな、暮らしの殻を見る思いでした。

自分が意気さかんなときに感じた詩、不安なときに思い浮かべた詩、同じひとつの詩。太陽とゴマの実のバランスが私の中でやっと均衡を得たのでしょうか。

今年の二月、弟は逝きました。年末年始を送り迎えた病院、近接駅のホームからいまも見えるあの階のあの窓。

三人の親子　千家元麿

或年の大晦日の晩だ。
場末の小さな暇さうな、餅屋の前で
二人の小供が母親に餅を買つてくれとねだつて居た。
母親もそれが買ひたかつた。
小さな硝子戸から透かして見ると
十三銭と云ふ札がついて居る売れ残りの餅である。
母親は永い間その店の前の往来に立つて居た。
二人の小供は母親の右と左の袂にすがつて
ランプに輝く店の硝子窓を覗いて居た。
十三銭と云ふ札のついた餅を母親はどこからか射すうす明りで

帯の間から出した小さな財布から金を出しては数へて居た。
買はうか買ふまいかと迷つて、
三人とも黙つて釘付けられたやうに立つて居た。
苦しい沈黙が一層息を殺して三人を見守つた。
どんよりした白い雲も動かず、月もその間から顔を出して、
如何なる事かと眺めて居た。
然うして居る事が十分余り
母親は聞えない位の吐息をついて、黙つて歩き出した。
小供達もおとなしくそれに従つて、寒い町を三人は歩み去つた。
もう買へない餅の事は思はない様に、
やつと空気は楽々出来た。
月も雲も動き初めた、然うして凡てが移り動き、過ぎ去つた。
人通りの無い町で、それを見て居た人は誰もなかつた。
場末の町は永遠の沈黙にしづんで居た。

神だけはきつとそれを御覧になつたらう
あの静かに歩み去つた三人は
神のおつかはしになつた女と小供ではなかつたらうか
気高い美くしい心の母と二人のおとなしい天使ではなかつたら
うか。
それとも大晦日の夜も遅く、人々が寝鎮まつてから
人目を忍んで、買物に出た貧しい人の母と子だつたらうか。
（一九一六・一二・三一夜）

＊＊＊

寒い町

十二月の扉を開けて、私のところへ向こうから訪れてくる詩があるだ

ろうか、と待ってみました。

思いがけず「三人の親子」が現れました。それは言葉としてではなく、いきいきと人の姿して。

一九一六年大晦日の夜、場末の小さな店に売れ残っていた一枚のお餅は、十三銭だったのですね、母親にとってどんなに高価な品だったろうと思います。

帯の間から出した、小さな財布の手ざわりまでが感じられます。大正期、財布の中にはちょうどこの年に発行されたという五厘銭、既に流通していた一厘銭などがまじっていたかもわかりません。

買おうか、買うまいか、十分余り迷ったあげくあきらめて歩き出す母親、おとなしく従う子供、寒い町。

これは千家元麿の『自分は見た』という詩集の中の一篇ですが、新年を明日にひかえて餅を買うことの出来ない極貧の親子を、作者は神のつかわした、気高く美しい心の母と二人の天使ではないか、と見た。そう言わずにはいられないほどの、生きる悲しみを見た。

詩を読むことで私もまたその場に立ち会うのですが、どうして悲しみがこんなに人間をせつなく美しくするのか、と考えてしまいます。人を苦しめる貧乏なんてまっぴらなのに。三人の行手に待っていたのが、戦争だった歴史を知れば尚更に。

現在私たちの国は金持になったというけれど、「三人の親子」が生きた時代とは別種の貧しさに追い立てられているような気がします。その後姿は気高くも見えず、おとなしい天使とも違っているのではないかと。

昨日いらつしつて下さい

室生犀星

きのふ　いらつしつてください。
きのふの今ごろいらつしつてください。
そして昨日の顔にお逢ひください、
わたくしは何時も昨日の中にゐますから。
きのふのいまごろなら、
あなたは何でもお出来になつた筈です。
けれども行停《ゆきどま》りになつたけふも
あすもあさつても
あなたにはもう何も用意してはございません。
どうぞ　きのふに逆戻りしてください。

きのふいらつしつてください。
昨日へのみちはご存じの筈です、
昨日の中でどうどう廻りなさいませ。
その突き当りに立つてゐらつしやい。
突き当りが開くまで立つてゐてください。
威張れるものなら威張つて立つてください。

＊　＊　＊

訪問

この詩を読む人ひとりひとりに手渡される一枚の招待状「昨日いらつしつて下さい。」

過ぎた日に帰れるはずはないのに、昨日への道はご存じの筈です、と言われると暗示にかけられ、ついその気になってしまいます。

常識の扉がひらいて、心の踏み込む先の風景が見えてきます。そこで「きのうのいまごろ、って何時ですか?」「何時って、つまりいまごろ……。」

今日が行きどまりとあっては、たしかに逆戻りするしかありません。戻って行っても待っている昨日の顔は、招待状を書いた主ではない別の「わたくし」という不思議なひと。

犀星氏があなた、と呼んだのが特定のひとであったとしても、あなたという呼びかけに立ちどまるのは読者、つまりは私で、詩の中できのうへ戻る道は読者の数だけ枝分かれしている。それも男と女のきのうの関係、何だか古代からの細い道に踏み込む思いがいたします。

或いは犀星氏が女になりかわって、男に出した招待状かもわかりません。

やさしい言葉で、昨日なら何でも出来たはずといわれても、それが出来なかったのが昨日。

だのに昨日なら用意があったけれど、今日も明日もあさっても、あなたにはもう何の用意もないのです、と突き放す。所詮もどりようのない過去へのご招待。

かなしいような、切ないような、この無情とも思える招きに、私はなぜか応えたくなります。実にしばしば、はい、お伺い致しますと。

さようなら

谷川俊太郎

ぼくもういかなきゃなんない
すぐいかなきゃなんない
どこへいくのかわからないけど
さくらなみきのしたをとおって
おおどおりをしんごうでわたって
いつもながめてるやまをめじるしに
ひとりでいかなきゃなんない
どうしてなのかしらないけど
おかあさんごめんなさい
おとうさんにやさしくしてあげて

ぼくすききらいわずになんでもたべる
ほんもいまよりたくさんよむとおもう
よるになったらほしをみる
ひるはいろんなひととはなしをする
そしてきっといちばんすきなものをみつける
みつけたらたいせつにしてしぬまでいきる
だからとおくにいてもさびしくないよ
ぼくもういかなきゃなんない

＊＊＊

時々刻々

たしか五年くらい前です。児童文学の雑誌で最初にこの詩に出会ったのは。

これは親離れしてゆく子供のうた、狭義にはそういうことになるのでしょうか。

一読、どうしてこんなにやさしくて、美しくて、かなしいのだろうと思いました。最近出版された谷川さんの詩集『はだか』（筑摩書房刊）の巻頭でこの詩に再会できたよろこび。

ぼくもういかなきゃなんない
すぐいかなきゃなんない
どこへいくのかわからないけど

——旅立つにはあまりに無防備な幼い姿が、背筋を伸ばしてその意志を告げる。後に残る者へのいたわりをこめて。

さようなら、という言葉は、互に別れ別れになる時、出発して行く時、見送る時。大ざっぱにいって三様の立場で交わされる挨拶語。

読んでいるまに子供のことばが、私自身のことばに置き代えられて、子供の出発のうたが大人の別れのうたと重なってしまいます。

極端ない い方をしてよいなら、私には遺言のようにも受け取れるのです。人間世代の受け渡しの儀式が見えるようで。詩が読者によってしばしば読み違えられ、勝手に解釈されるのを、作者はゆるして下さい。
このところバックグラウンド・ミュージックのように、気がつくと流れている不思議なメロディー。「ぼくいかなきゃなんない」と耳が歌って、やりかけた仕事から立ち上がる。外出する。事実おおどおりの信号を渡ったりして、どうしてなのかしらないけど私たち、いつだって、もういかなきゃなんないんです。

太陽の光を提灯にして　石垣りん

私たち　太陽の光を　提灯にして
天の軌道を　渡ります。
おそろしいほど深い　宇宙の闇です。
人間は　半交替で　眠ります。
一日背負っている　生きているいのちの重みは
もしかしたら　地球の重みかもわかりません。
やがて　子供たちが　背負うでしょう

海山美しい　この星を。
ひとりひとり　太陽の光を　提灯にして
天の軌道を　渡るでしょう。

＊
＊
＊

初日

元旦の日の出を生中継する、テレビの企画「日本の夜明け」に詩を書き添えて来て十年たちました。

瞬時の映像をとらえ、放映するためにどれだけの準備、人手が必要か。ふだん知らない世界、ひとりでは成り立たない仕事の現場に、少しでも関わることが出来て、私には得難い経験になっています。

以来私は太陽に向かって手を合わせるようになりました。ずいぶん勝手な話です。「どうぞ詩を一つ授けて下さい」などと願うのですから。「太陽の光を提灯にして」は、その一回目に使用したものです。こんど編集部に何篇か読んでもらって、結局この一篇が採り上げられてみると、初心というものの怖さを感じます。

個々のいのちが、どんな片隅にあっても、地球と一緒に天の高みを越える。人も獣も虫も、すべての生きものが、ひと連りになって、空を渡る姿は、それまでにあたためていたイメージでもありました。

毎日昇る太陽を初日と呼んで、一年一度の衣裳替えをする。空にしつらえた舞台の緞帳がするすると上がるかに見える、新年幕開きの設定。さまざまな創意工夫。

人は今年もごく身近に、太陽を招き入れて暮らすのだと思います。

あとがき

世間に発表された作品は読者を選り好みしませんので、私は勝手にたくさんの詩と付き合うことが出来ました。有難いことでした。

婦人之友から「あなたの好きな詩について、短い文章を書いてみませんか」と誘われたとき、解説をする力はないので、その詩が折にふれ私とどうかかわり、どう働きかけたか、書くとすれば自分のことばかりです、と答えました。

連載といっても半年続けられる自信もなく、毎月出来るか出来ないかの瀬戸際を通って五年たちました。編集部の助け舟に運ばれた月日でもありました。

渡り終えた岸で、肩から下ろしたわずかな仕事を、今度は一冊にまとめてくださるという、思いがけない話が待っていました。
言ってよければ、私にとって実用だった詩のことば、またどなたかの暮らしの中によみがえるきっかけとなるなら、読者に深くお辞儀して、私は立ち去るのがよいと思います。

一九九二年八月

石垣りん

解説　新しい景色の中へ

渡邊十絲子

詩を読む人はさいわいである。と、いうようなことを言ってみたいときがある。人生がつねに平らかな道であるならよいけれど、人は思わぬところで壁に突き当たり、落とし穴にはまる。人は自分の感受性を、見識を超えられないから、どうしたって前方の見通しはよくない。危なっかしいままに突きすすんでいくしかない。だから、ときおり痛い目にあうこと自体はいたしかたないが、そこで他者から発せられた言葉を自分の心の中にしまってみると、おなじ景色も変わって見えることがある。

他者の言葉とは、他者の視点である。それらを借りるとき、人はほんの少し自分を超えることができる。そして詩は、そこに内包された他者性が散文よりも高い。詩はつねに異界からとどく言葉だ。おそらくは、その詩を書いた本人にとってすらそうなのだ。

思い出せる詩があるということは、有事に際して履きかえることができる靴をもつようなことだと思う。自分とは違う人間の視点の高さ、歩幅、速度。ささやかな変身は、せまいところに閉じ込められて身動きのできない心を救い出す。

そこにもうひとり別の人の視点が加わったらどうなるか。この本を読みながらそんなことを思っていた。まず詩があって、その詩の言葉が石垣りんという読み手の中に新たな靴をあずけている。そしてその一部始終を見物させてもらったわたしの中には、もとの詩の書き手と、読み手である石垣りんと、ふたりぶんの新しい靴が用意されるのである。これはとても豊かな体験だった。

人は、ふだん必死に生きていればいるほど、自分の視点や感受性をかたく守ろうとしがちである。それらを突きくずし、侵そうとしてくるものが多すぎるから。でもたぶん、かたくなに「自分」を守ろうとするたたかいは、いつでも負け戦に決まっている。それよりは、履いてみたことのない靴に足を入れ、ともあれ新しい景色を見てみるほうがどれだけいいかわからない。これはそのような姿勢をもった本だと思う。

石垣りんの言葉はいつもながら清潔で、胸の中にしっくり落ちてこないものに愛想笑いを向けたりはしない。

〈今ならこんなわかりやすい詩が、と思うのですが、当時、呼びかけられた言葉の内容はよくわかりませんでした。わからないのに何を感じてのことか、折にふれ口ずさむことを覚えました。〉〈犬が道端の草を食べていることがある。あれは自分のからだにいい草を知っていて、選んで食べているのだと聞きました。本当かどうか。／少女期図書館へ通って、あまり面白いとも思わず、意味もよく理解できない詩集など読みあさっていた、あの不可解な行動は、やはり自分に必要なものを本能的に感じとり、食べていた、私もまた犬の分際だったのかもわかりません。〉（「犬の分際」）

わかる、とか、わからない、とかいう、誰もが手軽に使いたがるものさしが、ここでは無効化されている。わかるとわからないのあいだには無限のグラデーションがある。わかるということにもたくさんの色合いがあるのだろうし、わからないからわかるへの道は決して一方通行ではない。自分は自分のわかりかた、そしてわかるタイミングを探すしかないのだが、そのとき、石垣りんという誠実な読み手のわかりかたをよく見て、たよりにすることはできる。そのことがしみじみとうれしい。わたしもまた、少女期に日本の現代詩を前にして「犬の分際」を噛みしめていたひとりだ。わからなくても、つよく惹かれるのである。好きになるとは、そういうことではないか。

　ほんとうは小使いさんになりたかった課長が、いつなれるでしょう、と社長にきき、そのうちにな、と躱《かわ》される。とりあえず来月から部長をやってもらうが、希望だけは捨てるなよ、などと言われる。これは辻《つじ》征《ゆき》夫《お》の「夢は焚火の丸太に」という詩。山に分け入り、木を伐り束ねたところを見とがめられ、どろぼう呼ばわりされた瞬間に、静かで美しかった山が〈所有物〉という化け物に変貌してしまう。これは城侑《じょうすすむ》の「おまえがきたので」という詩。中学校へ行く娘を見送る母が、娘の過去のすがたである赤ちゃんを胸に抱いている。赤ちゃんのあなたが今日のあなたにバイバイをする。これは山本沖子の「朝のいのり」という詩。これらの詩を新しい靴として自分自身のもちものに加えていく詩人の、かろやかさと慎重さを見る。

　長年銀行に勤め、しかし女性であるため出世など考えられなかった立場。家族との死別や離別を繰り返した生い立ち。生涯独身であった弟を看取った体験。そういう人生の中に、石垣りんという読み手が、どのようにして他者の言葉を吸収したかということ（器用に嚙みくだけないという場合も含めて）。それを見るのに、急いではならないと思う。

　当たり前のことなのだが、他者が時間をかけて熟成させた言葉について知ろうとするなら、こちらもまた同等の時間をかけてゆっくりからだの中にそれを落としこんでいく必要がある。刹那に伝わり、刹那に評価や判断をされ、刹那に消費されていく言葉ばかりあふれている昨今に、この「遅さ」は財産である。勝ち負けの場とは無縁であり、評価する人の多寡とも関係のない、小さくてつよい価値。石垣りんは、格好のよさや声の大きさで人目をひく言葉とは反対のほうへ、ひとりで歩きつづけた人である。所有するよりは手放すほうへ。演説よりはつぶやきのほうへ。オフィスビルのきらきらした灯りの下よりは、台所のちいさな火の前へ。

〈新幹線が走り出すころから、なぜか歳月も超スピードです。いまは商品と同じように言葉も有り余って、既製のものを選択すれば足りてしまう。便利になったけれどゴミが増えたり、味が落ちたり。〉（「煙草の火」）

これは、いまから三十年ほど前、われわれの社会の成長が信じられていた中で書かれた言葉だ。現在では、人々をとりまく言語環境はさらにいびつである。〈既製のもの〉はますます幅をきかせ、あんたたちには他の選択肢を考えるひまなどないんだよ、と強迫的な顔をして迫ってくるし（「推奨」や「デフォルト」の圧迫感は日々われわれを急きたてる）、そこから逃れようにも、逃げこめる場所など簡単には見つからない。結局、言葉を使ううえで誠実であろうとすれば、人と歩調を合わせられないのろまとなって孤独を噛みしめるしかない。

石垣りん不在の時代であると思う。

この本に、室生犀星の「昨日いらつしつて下さい」という詩がある。さいごの六行はこうだ。

きのふいらつしつてください。
昨日へのみちはご存じの筈です、
昨日の中でどうどう廻りなさいませ。
その突き当りに立つてゐらつしやい。
突き当りが開くまで立つてゐてください。
威張れるものなら威張つて立つてください。

これはかなりの程度の拒絶、コミュニケーションの拒否であるとわたしには見えるのだが、石垣りんはこのように言っている。

〈かなしいような、切ないような、この無情とも思える招きに、私はなぜか応えたくなります。実にしばしば、はい、お伺い致しますと。〉（「訪問」）

それは、詩の言葉を、誰かから自分にあてた働きかけだとは思っていないからではないか。それはあくまで見知らぬ新しい靴であり、自分はその靴を履いて、未知の場所へ行くのだと思っているからではないか。開くことはないのだろうと思われる突き当たりが開くまで待っていろ、威張れるものなら威張って立てと言われる心細い場所に、すすんで立ちに行く気なのだ。そこには自分の知らなかった景色があるから。そして、知らなかった景色こそが、自分を新たに生かすから。

巻末の「あとがき」にはこうある。

〈世間に発表された作品は読者を選り好みしませんので、私は勝手にたくさんの詩と付き合うことが出来ました。有難いことでした。〉〈言ってよければ、私にとって実用だった詩のことば、またどなたかの暮らしの中によみがえるきっかけとなるなら、読者に深くお辞儀して、私は立ち去るのがよいと思います。〉

やっぱりそうだ、得たものは自分だけのもので、気軽に他者に譲りわたせるものではないのだ。安易な共感など求めていない。あなたはあなたの靴を、これらの詩からもらいなさいと言っている。

この本を読むと背筋がのびるのは、そういうわけなのだ。

（わたなべ・としこ　詩人）

扉挿画　末房志野

初出　「婦人之友」一九八七年七月号～九二年三月号
『詩の中の風景――くらしの中によみがえる』
（一九九二年十月、婦人之友社）

文庫化にあたり、明らかな誤植と考えられる箇所は訂正し、振り仮名を整えました。（編集部）

中公文庫

詩《し》の中《なか》の風景《ふうけい》
——くらしの中《なか》によみがえる

2024年2月25日　初版発行
2024年9月30日　再版発行

著　者　石垣《いしがき》りん

発行者　安部順一

発行所　中央公論新社
〒100-8152　東京都千代田区大手町1-7-1
電話　販売 03-5299-1730　編集 03-5299-1890
URL https://www.chuko.co.jp/

DTP　嵐下英治
印　刷　三晃印刷
製　本　小泉製本

Published by CHUOKORON-SHINSHA, INC.
Printed in Japan　ISBN978-4-12-207479-8 C1192

定価はカバーに表示してあります。落丁本・乱丁本はお手数ですが小社販売部宛お送り下さい。送料小社負担にてお取り替えいたします。

い-38-4
太宰治　井伏鱒二
師として友として太宰治と親しくつきあった井伏鱒二。二十年ちかくにわたる交遊の思い出や作品解説など太宰に関する文章を精選集成。〈あとがき〉小沼　丹
206607-6

い-38-5
七つの街道　井伏鱒二
篠山街道、久慈街道……。古き時代の面影を残す街道を歩いて、史実や文献を辿りつつ、その今昔を風趣豊かに描いた紀行文集。〈巻末エッセイ〉三浦哲郎
206648-9

い-38-6
広島風土記　井伏鱒二
広島生まれの著者による郷里とその周辺にまつわる回想や紀行文十七編、小説「因ノ島」「かきつばた」、半生記などを収める。文庫オリジナル。〈解説〉小山田浩子
207375-3

く-25-1
酒味酒菜　草野心平
海と山の酒菜に、野バラのサンドウィッチ……。詩作のかたわら居酒屋を開き、酒の肴を調理してきた著者による、野性味あふれる食随筆。〈解説〉高山なおみ
206480-5

た-7-2
敗戦日記　高見　順
〝最後の文士〟として昭和という時代を見つめ続けた著者の戦時中の記録。日記文学の最高峰であり昭和史の一級資料。昭和二十年の元日から大晦日までを収録。
204560-6

こ-58-1
清冽　詩人茨木のり子の肖像　後藤正治
「倚りかからず」に生きた、詩人・茨木のり子の初の本格評伝。親族や詩の仲間など、茨木を身近に知る人物に丁寧に話を聞き、79年の生涯を静かに描く。
206037-1

た-43-2
詩人の旅　増補新版　田村隆一
荒地の詩人はウイスキーを道連れに各地に旅立った。北海道から沖縄まで十二の紀行と「ぼくのひとり旅論」を収める〈ニホン酔夢行〉。〈解説〉長谷川郁夫
206790-5

い-116-1
食べごしらえ おままごと　石牟礼道子
父がつくったぶえんずし、獅子舞にさしだした鯛の身。土地に根ざした食と四季について、記憶を自在に行き来しながら多彩なことばでつづる。〈解説〉池澤夏樹
205699-2

各書目の下段の数字はISBNコードです。978-4-12が省略してあります。

よ-47-1
洟《はな》をたらした神 吉野せい
詩人である夫とともに開墾者として生きた女性の年代記。残酷なまでに厳しい自然、弱くも逞しくもある人々、夫との愛憎などを、質実かつ研ぎ澄まされた言葉でつづる。
205727-2

し-11-2
海辺の生と死 島尾ミホ
記憶の奥に刻まれた奄美の暮らしや風物、幼時の思い出、特攻隊長として島にやって来た夫島尾敏雄との出会いなどを、ひたむきな眼差しで心のままに綴る。
205816-3

あ-96-1
昭和の名短篇 荒川洋治編
現代詩作家・荒川洋治が昭和・戦後期の名篇を厳選。志賀直哉、高見順から色川武大まで全十四篇を収録した戦後文学アンソロジーの決定版。文庫オリジナル。
207133-9

あ-96-2
文庫の読書 荒川洋治
文庫愛好歴六〇年の現代詩作家が、読んで書いた文庫をめぐるエッセイを自ら厳選。文庫オリジナル編集で贈る、文庫愛読者のための文庫案内全一〇〇冊。
207348-7

い-110-4
閉経記 伊藤比呂美
更年期の女性たちは戦っている。老いる体、減らない体重、親の介護、夫の偏屈と。ホルモン補充療法に挑戦、ラテン系エクササイズに熱中する日々を、無頼かつ軽妙に語るエッセイ集。
206419-5

い-110-5
ウマし 伊藤比呂美
食の記憶（父の生卵）、異文化の味（ターキー）、偏愛の対象（スナック菓子、山椒）。執着し咀嚼して、胃の腑をゆさぶる本能の言葉。滋養満点の名エッセイ。
207041-7

い-110-6
たそがれてゆく子さん 伊藤比呂美
男が一人、老いて死んでいくのを看取るのは、ほんとうによかった——。夫の介護に始まる日々。書くことで生き抜いてきた詩人の眼前に、今、広がる光景は。
207135-3

い-110-7
またたび 伊藤比呂美
文化の壁も反抗期も食欲の前に待ったなし！ 英国人の夫、三人の娘との、つくり、食べ、食べさせる濃密な日々を詩人・母が綴る。〈解説〉ブレイディみかこ
207437-8